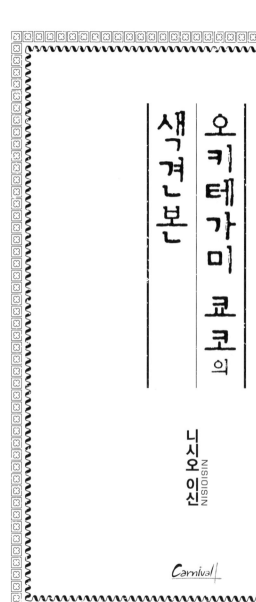

오키테가미 쿄코의
색견본

니시오 이신
NISIOISIN

Carnival

Okitegami Kyouko no Iromihon

이 책의 한국어판 저작권은 일본 講談社와의 독점 계약으로 (주)학산문화사에 있습니다.
저작권법에 의해 한국 내에서 보호를 받는 저작물이므로 불법 복제와 스캔 등을 이용한
무단 전재 및 유포·공유 시 법적 제재를 받게 됨을 알려 드립니다.

검은색 유괴범

오늘의 쿄코今日子 씨는 가로줄 무늬 니트 티셔츠에 검정색 여름 재킷, 같은 색의 테이퍼드 팬츠를 코디한 차림이었다. 신발은 굽이 두꺼운 웨지힐 부츠. 잘 때마다 기억이 리셋되는 망각 탐정이지만, 그 특성에도 불구하고 각기 다른 날 같은 옷을 입은 모습을 아무도 본 적이 없다는 미심쩍은 소문은 역시 아무래도 진짜인 모양이다. 요 반년 동안 그녀, 오키테가미置手紙 탐정 사무소의 소장 오키테가미掟上 쿄코의 동향을 자세히 관찰한 결과 나는 새삼 그런 결론을 내렸다.

물론 나는 쿄코 씨의 패션을 체크하기 위해 반년 동안 탐정의 뒤를 밟은 것이 아니다. 그런 위험한 스토커 자식과 나를 동일하게 생각하면 곤란하다. 하지만 그렇다면 고상하고 문화적인 목적이 있어서 그 방면에서는 유명한 백발 명탐정의 주위를 맴돌고 있는가 하면 그렇지는 않다. 어떤 의미에서는 그나마 스토커 자식이 더 고상하고 문화적일지도 모른다.

왜냐하면 나는 명탐정을 유괴할 기회를 노리기 위해 줄곧 그녀를 미행해 왔으니까… 돌이켜 보면 힘든 작업이었다.

범죄 계획을 작업이라고 해도 괜찮다면 말이지만.

그 전제로서 비밀 유지를 절대 엄수하는 망각 탐정이라는 것이 있다. 잘 때마다, 즉 기본적으로는 하루마다 기억이 리셋되기 때문에 어떤 프라이버시 혹은 기밀 정보가 얽힌 사건을 담당하든 간에 그것이 쿄코 씨에게서 새어 나갈 일은 없다. 필연적으로 쿄코 씨 자신의 개인 정보도 전혀라고 해도 좋을 만큼 새어 나오지 않는다.

일단 그녀가 사무소에 있는 동안은 손을 댈 수 없다. 손은커녕 손가락 하나 건드릴 수 없다. 그 건물, 그녀 소유의 빌딩인 오키테가미 빌딩은 요새에 버금가는 견고함을 자랑한다. 만약 일본 전토를 초토화할 만큼 자극적인 공습이 있다고 해도 오키테가미 빌딩만큼은 원형을 유지하리라.

그렇다고 해서 업무 중에 건드리면 더 위험하다. 어떤 클라이언트에게 어떤 의뢰를 받아 움직이고 있는지 외부에서는 전혀 추측할 방법이 없다. 그 특성상 망각 탐정은 각지의 경찰서에서 비밀리에 의뢰를 받는 경우도 있기 때문이다. 지금이다! 싶어서 납치에 나섰는데 그녀의 옆에 있는 것이 경부였다, 라는 전개만큼은 사양하고 싶다.

즉, 프라이빗한 시간을 노리는 수밖에 없는 것이다.

노리자.

그러려면 우선 거리를 우아하게 걷는 그녀가 오늘 쉬는 날인지 어떤지를 판단해야 하는데, 그것을 구별하는 일은 의외로 간단했다. 핸드백을 들고 있을 때는 쉬는 날이다. 어쩐지 쿄코 씨에게는 사건에 임할 적에는 빈손이어야 한다는 신조가 있는 것 같다. 빈손이어도 쉬는 날일 때는 있지만 사건 현장에 가방을 가져가는 경우는 원칙상 없는 모양이다. 게다가 핸드백도 패션의 일부인 모양이라 그때그때 달라진다.

토털 코디네이션.

그 점만 보더라도 분명 톱클래스의 엄청난 부자이다. 지금껏 유괴당하지 않은 것이 이상할 정도이다. 누군가에게 낚아채이기 전에 내가 낚아채야만 한다. 하지만 그렇다고 해서 쉬는 날에는 쉽게 유괴할 수 있는가 하면 안타깝게도 그 또한 그리 만만하지는 않다. 즉, 지금껏 유괴당하지 않은 것은 별로 이상하지 않다. 쉬는 날이라 해도 그녀의 직함은 여전히 탐정인 듯 주위에 대한 관찰을 게을리하지 않는다.

애당초 나는 미행의 프로를 미행하고 있다. 그 시점에서 이미 언제 들켜도 이상할 것이 없는 리스크를 무릅쓰고 있다. 유괴 운운하기 전에 젊디젊은 여성을 미행하는 일 자체가 이 나라에서는 범죄이다. 두말할 필요도 없이. 그렇더라도 리스크와 맞바꿀 만한 값어치가 있다. 쿄코 씨에게는. 망각 탐정에게는. 오키테가미 쿄코에게는.

연약한 여자 하나쯤은 힘으로 끌고 가면 되지 않을까 싶을지도 모르지만, 누누이 말하지만 어쨌거나 상대는 탐정이다. 어떤 호신술을 익혀 두었을지 모른다. 바리츠*였던가? 약 한 달간의 조사로는 옷의 (무한한) 로테이션이라면 모를까 그녀의 모든 것

※바리츠(Baritsu) : 셜록 홈스가 익혔다는 가공의 무술. 일본의 유도와 봉술에 권투 등을 더한 것으로 영국에서 창시된 바티츠(Bartitsu)가 원형이라는 설이 있다.

을 알 수는 없었다. 패션을 중시하는 그녀가 기능적으로 무장했을 리 없지만, 탐정이 어떤 카드를 숨기고 있다고 해도 생각보다 의외는 아니리라.

하여간에 폭력은 싫다. 신사적으로 하고 싶다.

머리를 써야만 한다. 탐정과 유괴범의 지혜 대결이다.

그런데 '쿄코 씨 관찰 일기'라고 칭하면 점점 더 변태 같아지는데, 쉬는 날의 그녀에게는 꽤 빈번하게 이성이 꼬인다. 쉽게 말해서 거리를 걷고만 있어도 이성이 마구 들이댄다(이상하게도 멀리서 관찰하는 한 업무 중에는 그런 일이 없는 듯하다. 핸드백으로 구별할 필요도 없이 옆에서 보면 분위기가 확연하게 다른지도 모른다. 아직은 모르는 것투성이다). 만약 내가 그들처럼 스스로의 매력에 자신이 있다면 그런 과감한 도전자들 틈에 슬그머니 섞여서 접근할 수도 있었겠지만, 안타깝게도 나는 신중파이다. 인생에 대해서든, 범죄에 대해서든.

따라서 내 쪽에서가 아니라 쿄코 씨 쪽에서 먼저 접근하기를 기다리기로 했다. 그게 더 어렵다고? 그렇지 않다.

어떤 조건만 갖춰진다면.

필요한 것은 한 대의 자동차였다. 그것도 턱없이 비싼 자동차이다.

고급차를 준비하여 여자를 식사에 초대하겠다고 하면 자진해서 얄팍함을 드러내는 듯도 하지만, 내가 준비한 것은 이른바 고급차가 아니다. 옛날 차, 클래식 카로 불리는 부류의 자동차이다.

안전벨트도 기본적으로 달려 있지 않은, 날마다 수리하지 않으면 움직이지 않을 듯한, 그럼에도 눈이 튀어나올 것 같은 가격표가 붙어 있던, 지금으로부터 50년도 더 전에 출시된 자동차이다. 당연히 수동 기어로, 나는 이 자동차를 구입하기 위해서 면허증의 한정 해제*까지 해야 했을 정도이다.

쓸데없는 지출이 늘어 간다.

메꿀 수 있으면 되지만. 메꿔야만 한다.

요컨대 가치가 있음을 아는 사람에게는 가치 있는 골동품이지만, 일반적으로는 분명 확실하게 여자의 마음을 사로잡을 만한 차종이 아니다. 오히려 백년의 사랑마저 식을지 모른다.

그러나 설령 이 차가 단순한 중고차가 아니라는 것을 모를지라도 딱 보자마자 달려들지 않고는 못 배길 사람들이 카 마니아 이외에도 있고, 쿄코 씨는 그런 사람에 포함될 것이다.

아마도.

왜냐하면 스나가 히루베에須永昼兵衛라는 추리 작가가 있는데, 그가 만든 명탐정 캐릭터 중 하나가 (당시이기에) 씩씩하게 타고 다닌 것이 (지금으로서는) 이 옛날 차이기 때문이다. 즉, 루

※면허증의 한정 해제 : 운전할 수 있는 차종이 제한된 면허를 제한이 없는 면허로 갱신하는 일본의 자동차 면허 제도.

팡 3세의 열렬한 팬이 벤츠 SSK나 피아트 500에 매료되듯이 스나가 히루베에의 독자가 이 차를 그냥 지나칠 리 없다.

쿄코 씨가 가진 탐정으로서의 주의력을 역으로 이용하는 형태이다. 그녀가 스나가 히루베에 소설의 애독자라는 것은 미행 사흘째에 일찌감치 판명 난 사실이다. 카페에서 읽는 책의 제목과 저자명을 무례하게도 어깨 너머로 들여다보았다. 참고로 망각 탐정인 터라 쿄코 씨는 같은 책을 계속 반복해서 읽는 모양이다. 그 점에 있어서는 같은 옷을 두 번 다시 입지 않는다는 패션 원칙과는 사정이 달라서 좀처럼 로테이션되지 않는다. 하도 읽어서 너덜너덜해진 시점에서 다음 책으로 넘어가는 경향이 있다.

아주 재미있는 책을 완독했을 때 '아무것도 모르는 상태에서 이 책을 또 한 번 읽고 싶다!'라고 바랄 때가 있는데, 그녀는 바로 그 바람을 실천할 수 있는 셈이다. '어라? 이 책은 좀 더 재미있었을 텐데 다시 읽어 보니 그렇지도 않네'라는 식의 추억 정정과도 인연이 없다.

그런 이유로 나는 오늘, 검정색 여름 재킷을 입은 망각 탐정이 애프터눈 티를 즐기고 있는 호텔 근처에, 타이밍을 가늠하여 그 옛날 차를 노상 주차했다. 이 시점에서 이미 불법, 불법 주차이지만 정해진 규칙대로 호텔 지하 주차장에 차를 세워 버리면 그녀의 눈에 띄지 않으므로 어쩔 수 없다. 내 준법정신은 투철하지만 그저 그것에 따르기만 하면 유괴는 불가능하리라.

물론 호텔 옆에 풍경으로서 정차해 있는 옛날 차를 쿄코 씨가 발견하지 못할 가능성도 있었다. 아마 90퍼센트 정도 있었을 것이다. 탐정은 전능한 신이 아니다. 발견하더라도 '스나가 선생님은 좋지만, 탐정이 타는 차 같은 건 그다지'라는 식으로 생각하지 않는다는 보장도 없다. 취향은 세분화되고, 또 그러고 나서도 다양하다. 어설픈 내가 차종을 잘못 알고 구입했을 수도 있다. 비슷한 차는 많다.

성공의 길은 하나여도 실패의 루트는 무한대이다.

그렇다면 그걸로 됐다. 그때는 다른 방법을 쓰자. 접근법을 바꾸어 몇 번이고 도전하면 그만이다. 이 옛날 차 작전도 쿄코 씨를 유괴하기 위한 첫 시도가 아니다. 이미 여러 플랜을 세웠다가 미수로 끝났다. 몇 번째 안인지를 되짚어 보면 의욕이 꺾이리라. 그런 의욕 떨어지는 생각을 할 여유가 있다면 다음 플랜, 다음다음 플랜을 짜자. 쓸데없는 지출을 계속하게 되겠지만 최종적으로 쿄코 씨를 유괴하는 데 성공하면 열 배를 넘어 백 배의 이익이 떨어질 것이다.

하지만 유괴의 신은 내게 미소 지었다. 아니, 그런 신이 있을 것 같지는 않고 그런 이상야릇한 신의 미소를 받고 싶지도 않지만.

사실 내게 미소 지은 것은 옛날 차의 창문을 똑똑 노크하는 백발의 명탐정이었다.

"저, 저기요, 저기요! 실례합니다. 느닷없이 죄송하지만 굉장히 멋진 차네요! 조수석에 태워 주실 수 있을까요?"

들뜬 기색으로 눈을 반짝이며 어린애처럼 차창에 착 달라붙은 쿄코 씨에게 나는 대답했다.

기꺼이 그러죠.

오키테가미 쿄코의

색견본

제 1 화

빨간색 협박 전화

1

[오키테가미 쿄코는 내가 데려간다. 돌려받고 싶으면 10억 엔을 준비해라.]

수화기 너머에서 들려온 상투적인 합성 음성으로 그런 일방적인 협박을 받았을 때 나(오야기리 마모루親切守)는 어느 쪽에 더 놀랐을까. 고용주인 쿄코 씨가 유괴되었다는 사실일까, 아니면 요구된 몸값의 액수일까.

보통은 사건을 조사하고 해결하는 입장에 있는 탐정이 유괴된 모양이라는 역설적인 전개에야말로 의표를 찔릴 법하지만, 10억 엔이라는 금액에는 이만저만 압도당한 것이 아니다. 나 같은 서민이 사고 정지에 빠지기에는 충분하다.

사고 정지에 빠져 있는 동안 전화는 끊어졌다. 적당한 때를 보아 다시 이쪽에서 전화하겠다, 당연히 경찰에는 연락하지 말라, 라고 그 밖에도 뭔가 흔해 빠진 매뉴얼대로의 말을 늘어놓은 듯도 하지만 전혀 머릿속에 들어오지 않았다. 패닉 상태였다.

상황을 정리하자. 냉정해지자. 사건은 이제 막 시작되었지만 한 건 끝내기라도 한 듯 침착하자.

나는 오키테가미 탐정 사무소의 직원이고, 철옹성처럼 견고한 건물인 오키테가미 빌딩에 상주하여 근무하는 경비원이다. 원래는 쿄코 씨가 자주 가는 미술관의 경비원이었으나 여러 사정이 있어서 헤드 헌팅되었다.

매사에 위태위태한 망각 탐정의 보디가드가 업무 내용이다. 이 빌딩의 보안력은 하드웨어 면에서나 소프트웨어 면에서나 세계 굴지의 수준이긴 하나, 역시 산 사람의 눈도 필요하다고, 언제인지 모를 '오늘'의 쿄코 씨가 판단했기 때문이다.

지난날의 쿄코 씨가.

어째서 그 '산 사람의 눈'으로 내가 선택되었는지는 솔직히 말해 잘 모르겠지만, 따라서 경호 대상이 어쩐지 납치된 모양이라는 이 사태는 내게 있어 불명예스럽기 짝이 없는 것이었다. 그 창피함에 얼굴이 빨개진다. 아니, 이 상황에서 내 명예 따위는 아무래도 좋다.

이제는 새삼 잘릴 것이 두렵지 않다. 느긋해 보이지만 사실 고용주로서는 꽤 흉포한 상사인 쿄코 씨에게 지금까지 몇 번을 잘렸는지 일일이 계산하는 것도 바보 같다.

쿨하게 생각한다. 장난 전화일 가능성도 있다. 높다. 오키테가미 탐정 사무소의 전화번호는 공개되어 있고, 그 활약상 덕분에 일각에는 쿄코 씨의 이름이 그럭저럭 널리 알려져 있다. 골탕을 먹이려는 놈들이 나타나도 이상하지 않다. …이상한가? 명탐정 본인을 골탕 먹이면 모를까, 무명 직원인 나를 골탕 먹여서 뭐 하려고?

어쨌거나 110*에 전화… 하면 안 되려나. 경찰에는 연락하지 말라고 했던 것 같은…데, 나는 고분고분 그 요구에 따라야 하나?

시키는 대로 경찰에는 연락하지 말고 10억 엔을 준비해야 하나?

그렇게 생각하자 이런 비상사태임에도 나는 재미있어져 버렸다. 마치 난해한 수수께끼 앞에서 설레는 마음을 주체하지 못하는 성격의 명탐정처럼.

10억 엔이라.

그것이 몇 자리 숫자인지 지금 당장은 짐작도 가지 않는다. 메이저 리거라도 유괴한 줄 아나, 협박 전화의 주인공은.

게다가 내게 말해 봤자 소용없다는 생각도 든다. 이렇게 말하면 좀 그렇지만 내게 그런 지불 능력은 없다. 거주지를 제공받는 직원이기도 하여 나는 쿄코 씨에게 그리 많은 급여를 받지 않는다. 상당한 금액이 생활비 명목으로 공제된다. 합법인지 어떤지 의심스러울 정도의 공제액이다.

그렇다 해도 어쩔 수 없는 일인가. 아니, 공제 말고.

범인 입장에서는 이럴 때 협박해야 할 대상이 나 정도밖에 없을지도 모른다. 망각 탐정에게 가족이나 친척이 있다는 소리는

※110 : 일본의 범죄 신고 전화. 우리나라의 112와 유사하다.

들어 본 적도 없고, 있다면 왠지 낭패일 것 같다.

그 점을 별로 깊이 의식한 적은 없지만, 쿄코 씨와 가장 가까운 포지션에 있는 사람은 보디가드인 바로 나였다. 쉬는 날에 일어난 일이지만 그녀의 몸을 가드하지 못한 이상 내게 보디가드라고 칭할 자격이 있는지 어떤지는 차치하더라도.

다만, 만약 이것이 장난 전화가 아니라고 해도 설마 범인도 내 개인의 예금 통장에 기대를 건 것은 아니리라. 물론 목적은 쿄코 씨의 저금임에 틀림없다.

어떤 사건이든 하루 만에 해결하는 명탐정.

가장 빠른 탐정이자 망각 탐정.

비밀 유지 절대 엄수. 그런 간판을 내걸고 있는 오키테가미 탐정 사무소에 의뢰해 오는 클라이언트 중에는 다양한 패턴의 특수한 사정을 지닌 분이 많고, 그런 만큼 요금은 추가되는 경향이 있으며, 또 쿄코 씨는 '수수께끼만 풀 수 있으면 돈 따위에는 흥미가 없다'라는 고결한 타입의 탐정이 아니다.

폭리를 탐한다고 하면 듣기에는 별로지만 꽤 쩨쩨하게 영업을 하고 있다. 명탐정으로도 이름이 알려져 있지만 수전노로도 이름이 알려져 있다. 클라이언트의 비밀만큼이나 굳건하게 지갑 속의 돈을 지키고 있다.

그런 그녀의 지갑에야말로 유괴범은 주목했으리라. 결코 보디가드의 지갑이 아니라.

그래도 그렇지, 10억 엔? 10억 엔? 그런 저금을, 아무리 수전
노인 데다 돈의 망자이자 돈의 노예인 쿄코 씨이지만 갖고 있을
까? 만에 하나라도… 10억에 하나라도 갖고 있다면 대체 어디
에?

2

얼핏 주워들은 터라 가물가물한 지식에 의하면 영리 목적의
유괴란 매우 실패율이 높은 범죄인가 보다. 애초에 흉악 범죄의
성공률이라는 것 자체가 땅을 길 정도로 낮은 모양이지만, 그중
에서도 영리 목적의 유괴는 성공 사례가 거의 없다고 한다.

탐정이 아닌 보디가드의 몸으로 주제넘게도 풋내 나는 의견
을 피력하자면 요구한 몸값을 수령할 때 모습을 드러내야 한다
는 점이 범인에게는 큰 난관으로 작용하리라. 사안이 사안인 만
큼 입금으로 때울 수도 없을 테고 현금으로 받을 적에 물리적으
로 접촉할 필요가 있는데, 대부분의 경우 그 순간 수갑을 차게
된다.

하긴, 이 경우에 성공이니 실패니 하는 것은 어디까지나 범
인 쪽에서 본 가치관이며 피해자 편에 서서 사안을 이야기하자
면(바로 지금 내가 그런 상황이므로), 인질을 잡힌 시점에서 이
미 충분히 타격을 입은 셈이다. 그냥 타격 정도가 아니라 엄청

난 중상이다. 유괴범에게 있어 실패는 '몸값을 받지 못하는 것', 그리고 '잡히는 것'을 의미하겠지만, 그 점에 있어서 저쪽과 이쪽은 합의를 형성할 수 없다. 피해자가 바라는 것은 무엇보다도 '인질이 무사히 풀려나는 것'이다.

범인이 잡히더라도 인질이 살해된 뒤라면 인생에 닥친 돌발적인 위기를 극복했다고는 도저히 말할 수 없다. 위기는 기회라니, 당치도 않다.

유괴 사건을 다루는 수사본부의 생각은 또 다를지도 모르지만. 범죄자에게 사로잡힌 시점에서 기본적으로 인질이나 포로는 '죽은 것'으로 간주한다는 작전행동 기준도 있다고 한다… 그런데 여기서 문제를 더욱 파고들자면, 애초에 영리 목적의 유괴가 실패율 높은 범죄라는 말은 과연 사실일까?

흔히 있는 통계 트릭인데, 유괴 사건의 경우 설령 성공 사례가 있다고 해도 그것을 세간에서 아는 일은 없기 때문이다.

성공 사례가 통계 데이터에 반영되지 않는다.

암암리에 없었던 일로 치부되기에.

피해자와 범인 간에 어쨌거나 거래가 성립되어 버리면 사건이 표면화되는 일은 없다. 아니, 신병만 확보된다면 그 후 대놓고 범인을 쫓아도 더는 인질이 다칠 우려가 없으므로 역시 공표하려나?

하지만 그 시점에서 범인은 목적인 금전을 손에 넣어 저 먼 곳으로 튀고 없을까… 뭐, 흉악범에게 유괴된 일이나 시키는 대로 금전을 지불한 일을 불명예 또는 굴욕으로 여겨 입을 다물어 버리는 피해자도 적잖이 있을 것을 생각하면 일의 성패를 간단히 말하기란 무리가 있다.

비록 전쟁에서 승리했다고 해도 과연 전사한 자에게 그 사실이 위로가 될 것인가… 와 같은 문제이다.

애당초 여기서 확률에 대해 이야기하는 것은 무리라기보다는 너무도 무의미하다. 슈뢰딩거의 고양이가 아니므로, 쿄코 씨는 지금 현재 몇 퍼센트 살 것 같고 몇 퍼센트 못 살 것 같은지를 논해 봤자 영 쓸데가 없다.

백 퍼센트 살리지 않으면 안 된다.

어디까지나 한 명의 직원에 지나지 않으며, 그녀의 부모도 가족도 아닐뿐더러 친구라고 하기에도 무리가 있는 내가 그렇게까지 책임을 져야 하는지 어떤지는 확실하지 않지만, 그래도 일가친척이 없는 쿄코 씨(정말로 진짜 천애 고아인지 어떤지도 확실하지 않지만 적어도 쿄코 씨에게서 부모 형제 이야기를 들은 적은 없다)를 구하기 위한 계획을 짤 수 있는 사람은 지금으로서는 보디가드인 나뿐이다.

책임은 몰라도 죄책감은 있다. 원래 망각 탐정의 목숨을 지키는 것이 내 임무였으니까… 몇 번을 후회해도 부족하지 않도록 비록 쉬는 날일지라도 배후령처럼 뒤에 딱 붙어 있어야 했나.

뭐, 엄밀히 말하면 나는 쿄코 씨 본인이 아니라 오키테가미 빌딩을 지키는 상주 경비원이므로 빌딩 밖에서 일어나는 사건은 쉬는 날이든 아니든 상관없이 내 관할 밖이라고도 할 수 있지만 (비밀 유지를 절대 엄수하는 망각 탐정 옆에, 자고 일어나도 기억이 리셋되지 않는 경비원이 쭉 붙어 있을 순 없으리라) 그렇게 딱 선을 그을 수 있을 만큼 나는 박정한 인간이 못 된다.

협박 전화를 받은 사람은 나인 것이다. 빌딩 안의 사무실 전화로 걸려 온 협박 전화를 받은 사람은. 그렇다면 나는 이 일을 자신의 직무 범위 안이라고 본다.

상황을 정리할 필요도 있고 마음을 가라앉히고도 싶었기에 나는 일단 해가 지기를 기다렸다. 그러는 동안 쿄코 씨가 불쑥 돌아올지도 모른다는 기대도 있었으나 유감스럽게도 그런 전개는 되지 않았다. 전화 한 통 없다. 쿄코 씨의 '길을 잃었으니 데리러 와 주세요. 30분 이내로요'라는 전화도, 또 새로운 협박 전화도 없었다.

역탐지를 경계하는 것일까? 망각 탐정의 사무소이기에 클라이언트의 프라이버시를 캘 만한 기기는, 역탐지 장치는커녕 넘버 디스플레이조차 설치되어 있지 않으므로 부디 안심하고 전화해 주면 좋겠는데. 어쨌든 간에 슬슬 장난 전화가 아닌 것으로 판단하고 움직여야 할까.

하지만 나는 풍월을 읊을 수 있는 단계의 서당개가 아니다. 위치상 가장 가까운 곳에서 망각 탐정의 활약을 접해 온 것처럼 보이기 쉬우므로 나름대로 수사 및 수색의 기본은 익혔을 거라고 내게 기대할지도 모르지만, 나는 아예 서당 근처에는 가 보지도 못했다. 조금 전에도 살짝 언급했는데, 쿄코 씨의 비밀 유지 엄수는 너무나도 철저하여 나는 기본적으로 사건의 중심으로부터 배제되어 있다.

필시 그런 사건이 갖는 비밀스러운 성격으로 짐작하건대 쿄코 씨 본인이 유괴 사건 해결에 동원된 적은 한두 번이 아닐 테지만, 나는 그 현장에 함께 있지 않았다. 따라서 이런 경우를 위한 비책이나 이런 때에 대비한 샛길을 조금도 체득하지 못했다.

다음의 두 가지를 지극히 상식적으로 생각할 뿐이다.

① 몸값을 준비한다고 치면 어떻게 조달해야 하는가?

② 연락하지 말라고 했지만 그래도 경찰에 도움을 구해야 할 것인가 말 것인가?

순서대로 생각하자. 최소한 모양새만큼은 쿄코 씨를 본받아 진한 블랙커피라도 마시면서.

당연하게도 내가 마련할 수 있는 금액은 10억 엔의 10억분의 1 정도이다. 아니, 10억분의 1은 오버지만, 사회적 신용을 최대한 구사하고 앞뒤 생각 없이 줄줄이 빚을 진대도 마련할 수 있는 돈은 고작 백만 엔이 한도액이다(지금이 기회라는 듯 원망할 생각은 없지만 나는 오키테가미 탐정 사무소의 정직원이 아니다. 비정규직도 아닌, 신용카드조차 만들기 힘든 프리랜서이다).

만약에 유괴범이 시키는 대로 움직여 얌전히 몸값을 마련한다면 쿄코 씨 자신의 지갑에서 융통할 수밖에 없다. 뭐, 이런 빌딩을 개인 소유하고 있을 정도이니, 나보다 쿄코 씨가 더 가난할 리는 없으리라. 제 살을 깎아서 내게 급여를 지급하고 있다고는 도저히 생각할 수 없다.

그나저나 이 오키테가미 빌딩을 풀 옵션으로 팔아 치우면 아마도 10억 엔쯤은 되지 않을까?

하긴, 정직원도 아닌 내가(집요한가?) 경호 대상의 빌딩을 멋대로 팔아 치울 순 없지만… 그렇다 해도 이 사무소(내 주거지이기도 하므로 더더욱 팔아 치울 순 없다)는 쿄코 씨의 개인 자산 규모를 뒷받침한다.

10억 엔까지는 아니더라도, 그토록 악착같이 일하는 쿄코 씨의 저축액은 예상보다 상당하지 않을까? 몸값 10억 엔이라는, 잠꼬대 수준을 뛰어넘어 아예 정신이 나간 듯한 황당무계한 요구액은 그 자산을 내다보고 정한 액수가 아닐는지… 있을 법한 일이다.

그렇다면 범인은 쿄코 씨를 잘 알고 있을지도 모른다. 그렇지 않다면 하필 명탐정을 유괴할 수는 없으리라. 무슨 수를 썼는지 몰라도 꼼꼼한 밑조사가 있었을 것 같다.

개인 경영자이며 대외적으로는 독신자로 알려진 쿄코 씨임에도 범인이 자택 겸 사무소로 전화를 건 이유는 나라는 무명 경비원의 존재를 파악하고 있었기 때문인가…?

현금 조달자로 나를 찍은 거라면 살짝 소름이 돋는다. 설마 범죄 계획의 일부에 내가 포함되어 있을 줄이야.

그렇지만 유괴범에게도 허점은 있다. 그것이 꼭 호재로 작용하는 것은 아니지만… 나라는 남자를 잘못 보았다.

아니, 이 말은 내가 협박에 굴하지 않는 강철 같은 정신의 소유자라는 의미가 아니라 아마도 범인은, 나라면 사무소에 살고 있을 정도이므로 쿄코 씨가 어디서 어떤 식으로 자산을 운용하는지, 전부는 아니더라도 어느 정도는 파악하고 있을 거라고 예상한 모양이라는 뜻이다. 하지만 전혀 그렇지 않다.

미안하군.

쿄코 씨의 윤택한(?) 재산이 어느 은행에 맡겨져 있는지 나는 단 한 군데도 모른다. 애당초 은행에 맡기기는 했을까? 다름 아닌 망각 탐정이다. 돈을 맡긴 은행이나 계좌를 잊어버리면 눈뜨고 봐 줄 수가 없게 된다. 애초에 오키테가미 탐정 사무소가 법인으로 잘 등록되어 있는지 어떤지도 의심스럽다.

내가 아는 한 쿄코 씨는 모든 일을 투명하게 현금 거래로 처리한다… 혹시 장롱 예금?

하지만 쿄코 씨의 장롱… 아니, 옷장은 옷으로 꽉 차 있을 것이다. 흡사 복식 미술관 같다.

그렇다면 현금을 대여 금고에 보관하고 있다든지… 그것도 기억을 잊으면 매한가지인가? 누군가 신용할 수 있는 (나 이외의) 사람에게 맡겼다든지… 아냐, 기본적으로 망각 탐정은 아무도 신용하지 않는다. 보디가드도 경찰 관계자도 의뢰인도. 그 부분에서는 철저하다, 인간 불신이라고 해도 좋을 만큼. 그렇다면 역시 가장 안전한 자산 보관 장소는 이 빌딩 내부인 셈이다. 견고함으로 따지면 미사일을 보관해도 문제가 없는 레벨의 부동산이다. 장롱 예금은 아니라고 해도 빈방은 몇 개쯤 있다. 워낙 상상력이 빈곤하여 10억 엔이라는 게 대체 어느 정도 사이즈일지 상상도 안 가지만 설마 빌딩보다 클 리는 없으리라.

무작정 찾는다고 하면 빌딩 안은 오히려 지나치게 넓을 정도이다. 10억 엔이 걸린 보물찾기? 제정신인가? 나는 그런 걸 해야만 하나?

집주인의 허락도 없이 그렇게 제멋대로 행동했다가 나중에 쿄코 씨로부터 고소당할 가능성은 뭐, 제쳐 둔다고 해도… 정말 보물찾기에서처럼 함정이 설치되어 있을 가능성도 있다.

일례로 나는 이 빌딩에 이사 왔을 때 쿄코 씨에게 이런 말을 들었다.

"내 집이다 생각하고 편히 지내세요. 제가 없을 때에는 경비를 부탁하니 샤워기 같은 것도 자유롭게 쓰세요. 단, 제 침실만큼은 절대로 들어가지 마세요. 들어가면 당신을 완전 범죄로 살해할 거예요."

…명탐정에게 웃는 낯으로 살해 예고를 받은 등장인물이라는 것은 미스터리 역사상 그리 많지 않겠지만, 방문이나 중문을 연 순간 기계와 연동된 화살이 날아온다거나 하는 물리적인 트릭이 설치되어 있을지도 모른다고 생각하면 섣불리 집을 뒤질 수도 없다.

어디 편하게 지낼 수 있겠는가, 늘 긴장해야 하는 직장이다. 흐음, 몸값 마련은 일찌감치 벽에 부딪힌 감이 있다.

만 엔 지폐를 10만 번 복사하는 것이 그나마 안전할지도 모른다.

이럴 때 다른 명탐정이라면 역대 의뢰인이었던 단골 부유층이 일시적으로 돈을 융통해 준다는 꿈같은 전개도 기대할 수 있겠지만 어차피 쿄코 씨는 망각 탐정이다, 고객 명부도 없다. 킨다이치 코스케*처럼 탐정 활동의 배경에 후원자가 있다고 해도 정보가 차단되어 있는 내 권한으로는 연락을 취할 방법이 없다.

연락이라… 그렇다면 몸값은 나중에 생각하고 과제 ②번 경찰에 연락을 할지 말지도 슬슬 결정해야만 한다.

TV 드라마로 유괴극을 볼 때나 실제 사건 보도를 접할 때처럼

※킨다이치 코스케 : 요코미조 세이시의 추리소설에 등장하는 가상의 탐정. 만화 『소년탐정 김전일(킨다이치 소년의 사건부)』의 주인공은 이 탐정의 손자로 설정되어 있다.

제삼자의 시점에서 판단하자면 아무리 생각해도 경찰에 도움을 요청해야 할 국면이다. 그것은 알고 있다. 판단을 망설일 여지는 없다. 조직적인 수사에 맡기면 인질이 무사히 돌아올 가능성은 비약적으로 높아진다. 그렇지만 막상 이렇게 당사자가 되고 보니 좀처럼 논리대로는 단행할 수 없다.

유괴범의 요구를 거스르고 용기를 내어 경찰에 연락함으로써 인질이 다치거나 돌아오지 못하는 경우를 역시 우려하지 않을 수 없다. 소심한 나에 한해 말하자면 책임을 회피하고 싶은 마음도 없다고는 할 수 없다. 몸값도 몸값이거니와, 악당이 시키는 대로 하는 사이에 최악의 결말을 맞이한다면 그 책임은 전부 악당에게 돌아가겠지만, 내가 내 판단으로 괜스레 저쪽의 요구를 거역하면 그것이 원인이 되어 쿄코 씨의 몸이 위험해질지도 모른다. 그렇게 생각하면 용기를 내고 싶어도 내 몸이 떨려서 매뉴얼대로 대처할 수가 없다. 나보다 범인을 믿는 편이 옳다고는 전혀 생각할 수 없는데도.

부유층 의뢰인의 연락처는 (실재하는지 어떤지도 포함하여) 모르지만 경찰 의뢰라면 내가 몇 번인가 이어 준 적이 있다. 신고 전 단계로서 그런 형사들에게 상담해 보는 것은 어떨까?

개인적으로 상담에 응해 줄지도… 아니, 조직에 속한 사람인 이상, 그리고 상식을 갖춘 사람인 이상 상담해 봤자 모든 것을 경찰에 맡겨야 한다고 지극히 당연하게 설득할 뿐이리라.

　결단을 내리지 못하고 있는 우유부단한 나로서는 그 경우가 가장 바람직하다고도 할 수 있으나, 그래도 중요한 결단을 남에게 맡기는 것 같아서 조금 마음이 괴롭다.

　당연히 경찰은 망각 탐정만큼 이해관계에 철저할 수 없다고 해도 비밀리에 수사를 진행할 테고 물론 매스컴과 보도 금지 협약도 맺겠지만, 용의주도할 터인 유괴범이 이 빌딩에 감시를 붙여 두지 않았다는 보장은 없다. 유괴범은 유괴단일지도 모르는 것이다.

　적어도 한 단계 더, 절차에 보험 장치를 마련할 수는 없을까… 용의주도한 범인에 대하여 경계를 게을리할 수 없다. 할 수 있는 일이 적은 나이기 때문에 할 수 있는 만큼은 하고 싶다. 할 수 있을 터이다, 할 수 있는 만큼 하는 거니까.

　그렇게 계속 머리를 쥐어짠 끝에 나는 하늘의 계시를 하나 받았다. 그래, **그 사람**이라면.

　설령 유괴범이 아무리 밑조사를 열심히 했을지라도 망각 탐정에 관해서라면 그를 능가하는 지식을 가진 **전문가**가 있다. 그 사람이라면 혹시 이 막다른 골목의 돌파구가 될 만한 어드바이스를 주지 않을까.

　그렇다, 망각 탐정 전문가, 그 어떤 부유층보다도 뻔질나게 이 빌딩을 드나드는, 이른바 오키테가미 탐정 사무소의 제일가는 단골손님, 카쿠시다테 야쿠스케隱館厄介라면.

3

[그러셨군요, 이해했습니다. 그런 일이라면 제게 조언을 구하신 것은 빼어나게 옳은 선택입니다, 오야기리 씨. 저보다 쿄코 씨를 잘 아는 사람은 없으니까요.]

어쩐지 약이 오르는 대답이긴 하나 카쿠시다테 씨와의 접촉은 단번에 성사되었다. 사무실 전화로 그의 휴대전화에 전화를 걸자 [여보세요, 쿄코 씨인가요?] 하고 그는 신호음 한 번 만에 달려들었다.

클라이언트라기보다 스토커 같은 반응 속도이다. 하긴, 그렇기 때문에 접촉이 단번에 성사되었다고도 할 수 있다.

내가 개인적으로 작성한, 오키테가미 탐정 사무소에 위협이 될지도 모르는 위험인물 명부에 그의 풀 네임과 주소, 연락처가 적혀 있기 때문이다. 다른 때라면 보통 클라이언트의 데이터는 폐기된다.

망각 탐정이기에.

도움을 구해 놓고 이런 말을 하기는 좀 그렇지만 고백하자면 유괴범은 그가 아닐까 의심했을 정도이다. 첫마디의 리얼리티로 짐작하건대 그 의심은 9할 9푼 불식해도 좋을 듯하지만, 어쨌거나 쿄코 씨를 숭배하다 못해 오키테가미 탐정 사무소에 이력서를 넣었을 만큼 열의가 넘치는 청년이다.

물론 무시했지만….

뭐, 선천적으로 누명 체질인 카쿠시다테 씨는 쿄코 씨 덕분에 여러 번 궁지에서 헤어났으므로 그녀를 숭배하고 싶어 하는 마음은 이해한다… 이해하지만, 그래도 '망각 탐정 전문가'로서 일가를 이룰 정도에 이르면 조금 과하다.

새 직장은 정해진 걸까?

그런 걱정도 고개를 쳐든다.

하지만 참 한심하게도 지금은 그런 그에게 기댈 수밖에 없는 것이 사실이다. 그러면 혹시 쿄코 씨의 은닉 자산(?)이 어디 있는지마저 전부 파악하고 있을지도 모르기 때문이다.

[그건 그렇고 오야기리 씨. 이렇게 당신과 직접 이야기를 하는 것은 처음이군요. 간접적으로 신세를 진 적도 있다고 들었습니다. 쿄코 씨에게 들었습니다. 그 은혜를 갚을 날이 왔다고 생각하죠.]

아직 젊은데도 묘하게 연극조로 말하는 청년이다. '신세를 졌다'라는 말에는 확실히 짚이는 바가 있지만 '이렇게 직접 이야기'하는 느낌을 기탄없이 말하다니, 이토록 별난 녀석인 줄 알았으면 손을 벌리지 않았을지도 모른다. 이런 수상한 성격을 가졌으니 허구한 날 누명을 쓸 법도 하다고, 실제로 그와 이야기해 보고 언뜻 생각했다. 하지만 그런 후회의 말은 입도 뻥긋하지 않는다. 나는 어른이다.

게다가 사실 나는 등을 떠밀어 주길 바랐을 뿐이다. 쿄코 씨의 신변을 걱정하는 데 있어서, 아직 그녀와 알고 지낸 지 얼마 안 된 나 따위와는 교류 기간이 다른 카쿠시다테 씨라면 '뭘 꾸물대는 겁니까, 오야기리 씨. 저도 수사에 협력할 테니 바로 경찰에 연락하십시오'라고 말해 줄 것이다.

원한 것은 그런 어드바이스였다.

그런데 그렇게 되진 않았다. 그는 이런 소리를 했다.

[경찰에는 절대 연락하지 마십시오.]

뭐? 이 수상한 자가 무슨 소리를 하는 거야?

[그리고 시키는 대로 하는 척하고 우선은 10억 엔을 준비합시다.]

역시 이 녀석이 범인인 것 아닌가 싶어서 나는 긴장했다. '시키는 대로 하는 척하고'라니, 딱 사기꾼이 할 소리 아닌가. '속는 셈 치고' 같은 전형적인 사기 멘트이다.

나는 지금 사기극을 당하고 있는 것일까… 아니면 망각 탐정을 향한 사랑이 지나치게 깊은 카쿠시다테 씨는 나보다 더 신고를 망설이고 마는 법일까.

그런데 카쿠시다테 씨는 나와 다른 각도의 발상에서 신고를 관두어야 한다고 말한 듯하다.

[명탐정이 유괴된 것만으로도 충분히 굴욕적인 사태인데, 탈

출할 때 경찰의 힘을 빌리게 되면 탐정으로서의 쿄코 씨의 평판에 흠집이 납니다. 그것만큼은 피해야 합니다.]

탐정을 향한 사랑이 지나치게 깊어서 무섭다. 말도 안 되는 녀석에게 어드바이스를 구해 버렸다. 하지만 그 생각을 들은 이상 오키테가미 탐정 사무소의 (비정규) 직원으로서는 그것을 고려하지 않을 수 없다. 만약 쿄코 씨가 무사히 돌아오더라도 가진 돈을 탈탈 털린 데다 사무소까지 운영할 수 없게 된다면 명탐정은 거리에 나앉고 말지도 모른다.

물론 그 또한 최악의 전개는 아니다. 최악의 상황은 쿄코 씨가 불귀의 객이 되는 것이다. 현시점에 그렇게 되어 있을 가능성도 없다고는 할 수 없다.

낭패감에 젖어 거기까지는 머리가 돌아가지 않았었는데, 협박 전화를 받은 시점에서 '목소리를 들려 달라'라는 식으로 받아쳤어야 했다. 정석대로는 좀처럼 행동할 수 없는 법인 것이다.

내가 그런 우려를 드러내자,

[아니요, 괜찮을 겁니다. 괜찮을 뿐만 아니라 쿄코 씨인 만큼 유괴범과 싸워 자력으로 탈출하지 않을까요. 그러니 오야기리 씨, 당신이 해야 할 일은 시간 벌기입니다.]

라는, 참으로 쿄코 씨 전속 해설자다운 발언이 돌아왔다. 돌아왔으면 하는 것은 쿄코 씨이지 그런 독창적인 가르침이 아닌데.

이 얼마나 절대적인 신뢰인가.

평소 쿄코 씨의 업무 외 부분을 지척에서 직접 접하는 자로서는 별로 동의를 표할 수 없는 신뢰이다. 그건 그렇다 치고 카쿠시다테 씨에게는 내가 상주하여 일하고 있다는 사실을 숨기는 편이 좋을 듯하다.

누명을 씌우려는 게 아니라 정말 죽일지도 모른다.

그런데 시간을 벌라고 해도… 시간을 버는 비용이 10억 엔이라니 어마어마하다.

[실제로 주는 것이 아니라 미끼로 쓰려는 것입니다. 또 10억 엔이 아니더라도, 막말로 준비 금액은 1억 엔 정도여도 상관없을 겁니다. 설마 상대방도 그런 터무니없는 액수를 정말로 손에 넣을 마음은 없겠죠. 처음에는 높게 불러서 우위를 과시하고 나중에 가서 타협하겠다는 심산일 겁니다.]

범죄자의 수법에 빠삭하다. 이런 부분이다, 누명 체질의 상징은. 1억 엔이 쌀 리 없지만 (10억 엔에 비하면 그런 것처럼 여기도록 만드는 게 범인의 교묘한 속셈인가) 사람의 목숨 값이라고 생각하면 쿄코 씨가 아니더라도 원래는 그래도 싼값이리라.

그나저나 다행이다, 1억 엔이라면 내가 대신 마련할 수 있다. 라는 식으로 착착 진행될 리는 없다. 결국에는 쿄코 씨의 저금을 무허가로 깨지 않을 수 없다.

돈에 철저한 명탐정인 만큼 멋대로 쓴 필요경비는 나중에 내

부채로 돌릴지도 모르지만, 지금은 비상사태이다. 그 경우에는 카쿠시다테 씨에게도 새롭게 협력을 구하자. 빚은 함께 지는 것이다(연대 보증인?).

뭐, 그것은 어디까지나 훗날 (후회할) 일이다. 지금은 가급적 많은 액수의 몸값을 마련하기로 하고 도대체 쿄코 씨의 은닉 자산(?)이 어디 숨겨져 있는지에 집중하자. 그 부분으로 이야기는 되돌아간다.

낌새를 보건대 망각 탐정 마니아인 카쿠시다테 씨는 혹시 쿄코 씨의 금고가 어디 있는지도 아는 게 아닐까?

[설마요, 설마요. 아무리 저라고 해도 거기까지는 모릅니다. 과대평가하지 마세요. 쿄코 씨가 늘 신발 속에 만 엔 지폐를 숨겨 둔다는 사실은 알아도 어디에 재산을 비축해 두는지까지는 모릅니다.]

신발 속에 만 엔 지폐를 숨겨 둔다는 사실을 아는 것만으로도 충분하다. 충분히 범죄적이지만, 그 사실을 안다면 이왕이면 전 재산을 어디에 비축해 두는지도 알고 있기를 바랐다.

이제 다 틀렸나.

닥치는 대로 빌딩 안을 수색할 수밖에 없다. 그런데 경찰에 신고할 수 없는 이유가 하나 더 생겼다. 지금 신고하면 카쿠시다테 씨가 체포될지도 모른다. 우리 사무소가 우수 고객을 잃을지도 모른다.

　[단, 전문가로서 힌트를 드릴 수는 있습니다. 원래대로라면 제가 오키테가미 빌딩으로 달려가 가택 수색을 거들고 싶은 바이지만, 건물이 감시당하고 있을 가능성을 고려하면 멀리 떨어진 곳에서 조언할 수밖에 없으니까요.]

　당신처럼 수상한 사람을 집주인이 부재중일 때 문턱 안에 들이면 그것이야말로 보디가드 실격 행위라는 말이 목구멍까지 올라왔지만 꿀꺽 삼켰다. 왜냐하면, 힌트.

　실마리가 없는 지금 상황에서는 그것이야말로 내가 바라 마지않는 것이었다. 목구멍이 타 들어갈 만큼 원했다.

　의뢰인으로서 몇 번이고 빌딩 안에 들어왔던 카쿠시다테 해설자라면, 특정은 할 수 없더라도 재산의 은닉 장소는 예상이 가는 것일까… 그렇다면 영락없이 진짜 범죄자이지만, 내가 아직 이 집에 없었을 무렵, 내가 고용되기 전에 쿄코 씨에게 무슨 말인가 들었을 가능성도 있다. 쿄코 씨라고 해도 실언은 하리라. 그 사람은 의외로 덜렁거린다.

　어디일까.

　역시 내 출입이 금지되어 있는 침실이려나?

　[아뇨, 아뇨! 침실만큼은 절대로 들어가지 마십시오! 죽습니다!]

　죽을 뻔한 적이 있기라도 한 듯 당황한 말투였다. 조금 전까지만 해도 중견 해설자처럼 굴었던 것이 거짓말 같다.

[그 침실에는, 그 방에는 아무것도 없습니다. 특히 천장에는 아무것도 없습니다. 절대로 들어가지 않는 편이 좋습니다. 그러기를 추천합니다.]

침실 천장에 무언가 있다고밖에 생각할 수 없는 말투이다. 혹시 침실 천장 속에 거금이 잠들어 있나? 그것을 올려다보며 잠이 든다면 잘 때마다 기억이 리셋되는 망각 탐정의 이미지가 격변한다.

어떤 의미에서는 이미지대로라고도 할 수 있지만.

[여성의 침실에 무단으로 들어가다니, 신사 축에도 끼지 못합니다, 오야기리 씨.]

당신에게 그런 말을 듣고 싶지 않다는 생각이 짜증과 함께 치밀지 않는 것도 아니었으나 선인의 지혜로서 받아들이기로 했다. 뭐, 그 말 자체는 지극히 타당하다.

게다가 '절대 들어가지 마세요'라는 언질이 있었던 장소에 현금이 숨겨져 있다는 건 교란이라고밖에 생각할 수 없을 만큼 뻔하다. 대담하다고도 할 수 있지만….

그렇다면 카쿠시다테 씨는 어디를 수상히 여기는 것일까?

[유감이지만 저로서는 예상도 안 갑니다. 저 정도 사람에게 정보를 흘릴 쿄코 씨가 아닙니다.]

어째서인지 그는 그런 소리를 자랑스럽게 했다. 그리고 이렇게 덧붙였다.

[다만, 그녀는 온갖 트러블을 상정해 두는 경향이 있습니다. 만약 자신이 범죄 피해를 입었을 경우 오야기리 씨가 우왕좌왕하지 않도록 복선을 깔아 두었을 것입니다.]

복선? 즉, 그것은… 뜻밖의 사고를 당하여, 혹은 범인의 책략에 빠져 수사 도중 기억을 잃었을 때를 대비하여 미리 왼팔의 맨 살갗에 자필로 남겨 둔다던, 그 비망록인가?

'나는 오키테가미 쿄코. 탐정. 백발, 안경. 25세.

오키테가미 탐정 사무소의 소장.

하루마다 기억이 리셋된다.'

…아닌 게 아니라 재산 은닉 장소를 잊지 않도록 어딘가에 메모를 남겨 두었을 가능성은 높다. 재산 자체가 아니라 그 메모를 찾아야만 한다는 건가?

[아니요, 이 경우에는 더 직접적인 것입니다. 떠올려 보십시오, 오야기리 씨. 분명 쿄코 씨는 당신에게 넌지시 귀띔했을 겁니다. 수전노이기 때문에 마련해 두었을 겁니다. 긴급할 때, 비상사태에 쓸 수 있는 일시금을.]

딱 잘라 말한다. 사랑하는데도 수전노는 수전노라고 하는구나, 하고 하마터면 묘한 부분에서 감탄할 뻔했지만, 확실히 그것이 유괴인지 아닌지는 둘째 치고 범죄 곁에서 일하는 셈인 명탐정은 자기 방어에도 신경을 쓰지 않으면 안 된다.

이 견고한 빌딩도 그렇고, 나라는 '산 사람'을 고용한 것도 그

렇고. 그렇다면 이런 뜻밖의 사태를 상정해 두지 않았다고 생각
하는 편이 더 부자연스럽다.

…라고 카쿠시다테 씨는 말하고 싶은 모양이다.

글쎄, 쿄코 씨는 얼빠진 면도 있으니 의외로 간단히 유괴당할
것 같기도 한데. 그렇지만 지금은 전문가의 소견에 따르는 것이
좋으리라.

설령 그가 어떤 사람이든 간에 곤경에 처한 내 상담에 진지하
게 응해 준 것만큼은 틀림없다. 허투루 들을 수는 없다. 감사합
니다, 쿄코 씨가 무사히 돌아왔을 때는 꼭 카쿠시다테 씨의 공
적을 전하겠습니다, 하며 나는 수화기 너머를 향해 깊이 고개를
숙였다.

[잊으셔도 괜찮습니다.]

내 인사에 망각 탐정 팬의 귀감과도 같은 말을 하는 카쿠시다
테 씨.

[그럼 슬슬 취조실로 돌아가야 하니 이만 끊겠습니다. 뭐, 익
숙한 일이니 걱정 마십시오.]

아무래도 나는 어느 경찰서 안에서 한창 취조를 받던 피의자
에게 도움을 구하고 만 모양이다. 감시자가 있든 없든, 내가 문
턱 안에 들이든 안 들이든 어차피 그는 가택 수색을 거들 수 없
는 셈이다.

쿄코 씨가 부재중인 때, 관록마저 느껴지는 누명 체질의 전문

가 곁에 최고의 탐정이 있어 주면 좋으련만… 계속 엇갈려 온 그와 간신히 이렇게 대화할 수 있었으나 대면은 다음 기회가 될 것 같다.

4

"내 집이다 생각하고 편히 지내세요. 제가 없을 때에는 경비를 부탁하니 샤워기 같은 것도 자유롭게 쓰세요. 단, 제 침실만큼은 절대로 들어가지 마세요. 들어가면 당신을 완전 범죄로 살해할 거예요."

결론부터 말하자면 쿄코 씨의 이 협박 어린 환영의 말이 키워드였다… 카쿠시다테 씨에게서 별말 없었다면 신경이 쓰이지 않을 정도의 요소인데, 그의 말에 즉각 떠오른 것을 보면 역시 그럭저럭 마음에 걸렸던 모양이다.

복선.

그중에서도 위화감이 드는 부분은 '제가 없을 때에는 경비를 부탁하니 샤워기 같은 것도 자유롭게 쓰세요'라는 대목이다. 문장들 속에 섞여 있으면 슥 흘려듣게 되고 또 무심결에 놓칠 법한데 다시금 검토해 보니 조금 논리가 비약되어 있다. '경비를 부탁하는 것'과 '샤워기를 자유롭게 쓰는 것'은 각각 독립된 사항으로, 이어져 있지 않다. 만약 이어져 있다면?

여차했을 때를 위한 보물은 샤워 룸에 숨겨져 있다는 뜻이 되지 않을까. 보통은 떠오르지 않는 발상이다. 그처럼 습기가 많고 또 밀폐성이 높은 장소에 내가 찾는 물건이 숨겨져 있을 것 같지는 않다. 그렇지만 한번 떠올리고 나니 바로 그렇기에 맹점이라는 생각도 들었다.

그렇게 생각하자마자 나는 수색을 개시했다. 지푸라기라도 잡는 심정이었다. 샤워 룸(엄밀히 말하자면 배스룸이다. 쿄코 씨가 선호하는 근사한 욕조가 설치되어 있다)의 경우 침실과 달리 허락이 있었지만, 집주인이 없는 동안 욕실을 기어 다닌다는 것은 어쩐지 카쿠시다테 씨나 유괴범에게 찍소리도 못 할 만큼 변태 짓 같았다.

여기서 주저하고 꺼린다면 탐정은 적성에 맞지 않는 것이리라. 하지만 그런 노력도 무색하게 당장 뭔가 발견되는 일은 없었다.

역시 밀폐성이 높은 그 공간에는 물건을 숨길 만한 곳이 거의 없어서, 환풍기 뒤나 배수관 속을 흡사 대청소라도 하듯이 들쑤시고 다녔지만 성과는 거두지 못했다. 반짝반짝해진 정도이다.

대청소를 하면 어쩌자는 건가.

나는 또 머리를 갸우뚱하는 신세가 되었다. 적성에 맞지 않는 두뇌 노동을 하고 있는 셈이다. 내 생각이 틀린 걸까? 나는 쿄코 씨의 별것 아닌 발언에서 억지로 의미를 찾으려 하고 있을 뿐인가? 대수롭지 않은 흠을 과도하게 해석하려 하고 있을 뿐인 가… 아니, 잠깐만.

흠이라면 또 하나. 또 하나 잡을 거리가 있다.

샤워 룸, 엄밀하게는 배스룸.

엄밀하게는 배스룸인데 쿄코 씨는 어째서 '샤워기 같은 것도 자유롭게'라고 표현한 걸까? '욕조 같은 것도 자유롭게 쓰세요' 라고 해도 좋았으리라… 어째서 샤워기를 강조했지? 너처럼 몸 집이 큰 남자가 욕조를 쓰면 목욕물이 넘쳐 아깝다는 의미였는 지도 모른다. 그렇지만 쿄코 씨가 아끼는 것은 어디까지나 돈에 관해서일 뿐, 목욕물에 과도하게 제한을 두는 성격이 아닐 것이 다.

그렇다면 욕조를 쓰면 안 되는 것이 아니라, 나는 지금 샤워기 에 주목할 필요가 있나?

하지만 샤워기는 욕조와 마찬가지로 평상시 아무렇지 않게 쓰 는 것으로 별다른 특징이 있는 도구가 아니다. 수압 레버와 온 도 조절 레버가 있고… 그 두 레버의 각도에 따라 전신 거울 안 에서 비밀 금고가 나타난다거나 하는 흡사 스파이 영화 같은 전 개도 기대했지만, 안타깝게도 거울은 그냥 거울이었다.

헛수고였다. 이게 뭔가.

1분 1초가 귀중한 이런 날에 시간을 헛되이 보내고 말았다… 어떤 사건이든 하루 만에 해결하는 망각 탐정은 평소 이런 압박과 싸우는 걸까, 생각하니 흉포한 고용주의 위대함이 싫어도 절절하게 느껴진다.

머리를 갸우뚱하는 데도 한도가 있다, 계속 이러고 있으면 고개가 비틀려 꺾이고 말 것이다. 세면실의 타일 바닥에 주저앉아 그렇게 절망한 순간, 퍼뜩 깨달았다. 머리를 갸우뚱한다. 이것은 단순한 비유 표현이다. 쿄코 씨에게 넌지시 암시를 받은 것도 아니고 카쿠시다테 씨에게서 힌트를 얻은 것도 아니다. 그저 관용어이다.

끙끙거리며 생각할 적에 실제로 머리를 갸우뚱하는 녀석은 없다. 머리를 감싸 쥐는 경우는 있어도 머리를 갸우뚱 비트는 녀석은 없다.

그러니 단순한 우연이다. 아니, 기적이다.

헛된 노력의 반복이 기적을 낳는구나 하고, 아닌 게 아니라 때에 따라서는 비효율적으로 보였던 쿄코 씨의 망라 추리(떠오른 것은 닥치는 대로 전부 해 보는 탐정술)의 유효성을 나는 몸소 깨달았다.

구체적으로 말하면 레버로 비밀 금고 같은 시스템을 찾을 것도 없이, 샤워기라는 도구는 단단히 고정되어 있는 듯하면서도 분해할 수 있는 구조로 되어 있다. 즉, 샤워 헤드이다.

비틀면 분리되는 샤워 헤드.

내부는 당연히 텅 비어 있다. 그 안에 뭔가 숨겨져 있는 게 아닐까, 라는 추리는 떠오른 순간 그것이 정답임에 틀림없다고 확신하기에 충분했다.

하지만 그런 조급한 마음과는 달리 골에 도달하기까지는 또한 단계 밟아야 했다. 정확히는 두 단계.

샤워 헤드를 떼어 냈는데도 그 안은 텅 비어 있었다, 휑하니. 붕붕 휘둘러도 아무것도 나오지 않는다.

틀린 방향으로 곧장 내달렸나 싶어 이번에는 절망했다기보다 멋쩍은 느낌에 사로잡혔는데, 그러고 보니 쿄코 씨는 그냥 '샤워기'라고 한 것이 아니다. '샤워기 같은 것도 자유롭게' 써도 된다고 했다.

이쯤 되면 이제 생각하고 하는 행동도 아니었다. 단순한 번뜩임이라고 할까, 거의 조건반사이다.

나는 그 상태에서 레버를 비틀었다. 당연히 샤워 헤드가 빠진 호스에서는 잘게 갈라지지 않고 덩어리진 물줄기가 콸콸 쏟아져 나왔다.

별생각 없이 그렇게 했기에 당연히 나는 옷을 입은 채 흠뻑 젖었다. 멍청하다고 해도 무방한 대참사였지만 전혀 신경 쓰이지 않았다.

그 수압에 의해 호스 내부에서 밀려 나온, 둥글게 말린 종이 한 장을 발견했으므로.

이것은 나중에 안 사실이지만, 물속에서도 보풀이 일지 않는 방수 종이나 물에 잠겨도 잉크가 번지지 않는 방수 펜이라는 필기구가 현대에는 널리 팔리고 있는 모양이다.

그런 물품이 샤워 호스 내부에 들어 있었던 것이다. 보통은 중력에 따라, 샤워 헤드가 훅에 걸린 상태에서는 드리워진 호스 깊숙이 숨겨지므로 그저 샤워 헤드를 떼기만 해서는 도저히 이 종이를 발견할 수 없다.

샤워 헤드를 뗀 상태에서 샤워기를 썼을 때 비로소 발견되는 '보물'인 셈이다. 2단계 인증과도 같다. 물론 그런 공간에 숨길 수 있는 것은 앞에서 말한 대로 둥글게 말아 고무줄로 묶은 종이 한 장 정도이다.

그렇다면 3단계 인증.

방수 종이에 방수 펜으로 쓰인 단어는 이랬다. 'HEAD'.

'HEAD'?

쿄코 씨의 친필이다. 역시 같은 건물 안에 살다 보면 필적 감정 정도는 할 수 있다. 헤드. 또 머리인가?

아니, 이것은 함정이다. 교란이라고 할까… 나 같은 사람으로서는 상정하기 힘든 가능성이기는 하나, 우연히 빌딩에 침입한 빈집털이가 우연히 샤워 헤드를 빼어 우연히 호스 내부를 살펴려 하고, 우연히 수도꼭지를 비틀 가능성이 제로라고는 할 수 없다.

우선 냉장고 안부터 뒤지려 하는 좀도둑이 있듯이, 우선 샤워 호스 안부터 뒤지려 하는 좀도둑도 있을지 모른다. 미스터리 드라마의 크레디트만 보고서 범인을 맞히려고 하는 시청자가 있으니, 수수께끼 풀이 과정을 거치지 않고 해답에 이르는 자의 존재를 현실의 출제자는 경계해야만 한다.

뭐, 쿄코 씨 스스로가 그런 직감파인 면이 있기 때문에 조심하는 건지도 모르지만… 다시 한번 떠올려 보자, 쿄코 씨가 한 말을.

'내 집이다 생각하고 편히 지내세요. 제가 없을 때에는 경비를 부탁하니 샤워기 같은 것도 자유롭게 쓰세요. 단, 제 침실만큼은 절대로 들어가지 마세요. 들어가면 당신을 완전 범죄로 살해할 거예요.'

힌트 한 구절을 자연스럽게 섞기 위해 앞뒤로 여러 마디를 한 것 같은데, 이렇게 되니 구태여 본인 침실을 언급한 것에 주목하고 싶어진다. 카쿠시다테 씨의 충고가 없다고 해도 여성의 침실에 멋대로 들어가는 짓은 상식적으로는 할 수 없다. 설령 아무리 큰 비상사태라도 저항감이 든다. 바로 그렇기 때문에 은닉 재산(?)의 은닉 장소로 걸맞다고도 할 수 있지만, 정말 천장 속에 현금이 들어 있다면 대담하다기보다 그저 위험천만할 뿐이다.

그곳이야말로 좀도둑이 맨 처음 뒤질 것 같은 장소이다. 그런데 바꿔 말하면 쿄코 씨가 '들어가지 말라'라고 금지한 곳은 '본인의' 침실이다.

그 이외의 곳에서는 '내 집'이다 생각하고 '편히 지내도' 좋다고 했다. '쿄코 씨의 침실'이 아니라 '내 침실'이라면 얼마든지 뒤져도 된다.

즉, 'HEAD'는 'BED'.

단어를 살짝 비튼, 암호라고도 할 수 없는 '오자誤字'였다. 미스터리적으로는 언페어하고, 결벽증이 있는 트레저 헌터에게는 인정할 수 없는 '보물 지도'일 테지만, 굳이 억지로 해석하자면 앞 글자의 탁점 부분을 샤워 호스 안의 물방울로 표현했다고도 할 수 있다. 즉,'헤드ヘッド'는 '베드ベッド'이다.

나는 물에 빠진 생쥐 꼴을 한 채 다시 내 방으로 돌아와 곧장 방에 비치된 침대를 해체하는 작업에 돌입했다. 이것은 완전히 중노동이다.

중노동이라기보다 막노동이다.

에잇, 하고 매트리스와 함께 침대를 뒤집었다. 고릴라가 된 기분으로 앞뒤 생각하지 않고. 오늘 밤에 어디서 잘지도 생각하지 않고. 일정 사이즈를 넘는 금고는 그 무게 자체만으로도 보안이 된다고 하던데, 상주 경비원에게 내주기에는 너무나도 중후한 침대는 비단 후한 복리후생의 일환만은 아니었을까.

이로써 용안을 드러낸 것이 또다시 아무것도 없는 빈 공간이었다면 내 마음도 텅 비었겠지만, 예상대로 눈앞에 등장한 것은 두 개의 서류 가방이었다. 자물쇠는 걸려 있지 않았기에 가방을 열어 보니 양쪽 다 현금이 가득 들어 있었다.

10억 엔까지는 아니라고 해도.

얼추 2억 엔은 되어 보였다.

…천장 속에 현금을 숨겨 두고 평소 그것을 바라보며 잔다면 쿄코 씨는 매우 악취미적인 인간이라고 생각했는데, 나는 밤마다 이런 거금 위에서 늘어지게 잤단 말인가…. 무슨 이런 보안이 다 있지.

하긴, 샤워 호스 안을 맨 먼저 확인하려 하는 눈치 빠른 좀도둑은 상정할 수 있어도 우선 경비원이 자는 침대 밑을 뒤지려하는 눈치 빠른 좀도둑… 눈치가 너무 없는 좀도둑은 결코 없으리라.

그런데 나 몰래 이런 거금의 경호를 맡기다니, 참 얼토당토않은 일을 하는 고용주이다. 좀도둑은 멀어질지 몰라도 그 방에 사는 내가, 말 그대로 우연히 발견해 버릴 가능성은 아주 지울수 없는데.

거꾸로 생각하면 최후에 기댈 수 있는 것은 시스템이 아니라 인간이라고 판단했는지도 모르지만.

신뢰받은 것이다. 부응하고 싶어져 버린다.

'샤워기 같은 것도 자유롭게 쓰세요'라고 쿄코 씨는 말했다. '자유롭게 쓰세요'라고.

여차할 때 자유재량으로 움직일 수 있는 금액, 약 2억 엔… 범인이 요구한 목표액에는 한참 못 미치지만 쿄코 씨가 땀 흘려 번 소중한 돈의 일부이다. 헛되이 쓸 수는 없다.

교섭 개시다.

제 2 화

주황색 감금

1

나로서는 수고를 크게 덜 수 있어서 상당히 잘된 일이기는 했지만 그래도 역시, 라고 할 수밖에 없으리라. 쿄코 씨는 잠에서 깬 즉시 자신이 처한 상황을 파악한 것 같았다. 잘 때마다 기억이 리셋되는 망각 탐정치고는 말도 안 되게 가뿐한 모습이다.

바로 망각 탐정이기 때문, 인가.

왼팔에 쓰인, 일각에서는 유명한 비망록을 읽고 자신이 '오키테가미 쿄코'이며 '25세'이며 '탐정'이며 '오키테가미 탐정 사무소의 소장'이며 '하루마다 기억이 리셋되는' 망각 탐정임을 단숨에 이해하고, 침대에 누워 있는 게 아니라 의자에 앉혀져 로프로 (가능한 한 부드럽게, 느슨하게라고 해도) 묶여 있다는 사실도 혼란 없이 인식.

창문이 없이 어둑어둑한, 언뜻 보기에 딱히 이렇다 할 것이 없지만 그런 만큼 정체를 알 수 없는, 말하자면 특징을 모조리 배제한 이 방을 보고도 특별히 겁에 질린 기색은 없다. 만약 비명이라도 질렀다면 필시 방 안이 울렸을 테니 그 또한 내게는 아주 다행스러운 일이었다.

실제로 애를 먹이지 않아 이쪽의 수고를 덜어 주었다는 것도 있지만, 무엇보다 고생에 고생을 거듭하여 잡은 망각 탐정이 그처럼 평범하고 흔해 빠진 리액션을 취했다면 흥이 깨졌으리라.

이래야만 한다, 라고 생각한다.

그렇다, 탐정은 신비함이 어린 존재여야만 한다.

"실례합니다. 만약을 위해 확인해 주셨으면 하는데요. 저는 당신에게 유괴된 것으로 생각해도 무방할까요?"

그뿐만 아니라 옴짝달싹할 수 없는 상황인데도 느긋하게 차분한 어조로 그런 질문을 표표히 던졌기에 흥이 깨지기는커녕 흥이 올랐다. 내가 어울리지도 않게 수다스러워질 뻔했다.

탐정과의 입씨름을 즐기고 싶다는 동심에 이끌린다. 이것이 괴인 이십면상*의 마음일까.

하지만 그것은 내 목적에 어긋난다. 더욱이 신념에도 어긋난다.

어긋날 것이 아니라 나는 내 모범이 되어야만 한다.

"으음… 죄송합니다."

생각 끝에 나는 우선 사과하기로 했다.

"옷은 제가 마음대로 골랐습니다. 당신처럼 센스 있게 코디할 수는 없지만, 그래도 같은 옷을 두 번 입은 적이 없다는 당신의 스타일을 이처럼 사소한 트러블로 망치는 것도 좀 그래서 주제넘은 짓을 했습니다."

모스그린 컬러의 카프리 팬츠에 오렌지색 반소매 셔츠, 깅엄

※괴인 이십면상 : 추리 작가 에도가와 란포의 소설 『소년 탐정단』에 나오는 괴도. 작중 명탐정 소년인 아케치 코고로와 대립한다.

체크의 슬림한 조끼에다, 신발은 빨간 니 삭스와 깔맞춤하여 살짝 굽이 높은 펌프스를 준비했다.

감히 '관찰 일기'의 분석 결과를 말하자면 쿄코 씨는 평소 여름이든 무더운 날이든 살갗이 잘 드러나지 않는 패션을 고르는 경향이 있다. 그것은 맨살에 적은 비망록을 감추기 위함이라는 실용적인 이유를 기반으로 한다.

그렇기 때문에 나는 그 패션에 대담한 변혁을 초래한다는 소소한 테크닉을 구사하기로 했다. 평상시의 센스와 어느 정도 거리를 두는 연출로 센스의 격차를 극복하기로 한 것이다.

뭐, 의식을 되찾은 쿄코 씨가 조금이라도 덜 혼란스럽게 미리 왼팔의 비망록을 볼 수 있도록 했다는 합목적적合目的 동기도 있다. 의자에 고정되어 있으면 소매를 걷는 동작도 할 수 없을 거라고 예상한 나의 나름대로 앞을 내다본, 옷 씀씀이가 아닌 마음 씀씀이라는 것이다.

말이 나온 김에 쓸데없는 소리를 덧붙이자면 그런 배려는 의자에도 되어 있다. 일부러 해외에서 들여온 앤티크 안락의자이다. 쿄코 씨는 선이 가늘어 보이는 이미지와 달리 도리어 활동적인 탐정이기는 하나, 역시 탐정에게는 안락의자가 잘 어울린다.

마음에 드셨는지 쿄코 씨는 삐거덕삐거덕 안락의자를 앞뒤로 흔들면서(단순히 그렇게 하여 양 손목, 양 발목, 몸통에 묶인 로

프의 강도를 확인했는지도 모른다).

"합격점."

이라고, 가볍게 미소 지으며 짧게 말했다.

합격점? 뭐가? 아아, 패션 센스 말인가. 설마 평가가 내려질 줄은 몰랐기에 나는 뜻밖에 충격을 받았다.

"사이즈도 딱 맞고 호감이 가요. 자칫하면 너무 말라 보이기 쉬운 제 팔다리에서 매력을 보다 잘 이끌어 내 주네요. 오렌지 색 브이넥 셔츠는 스스로는 시도하려 하지 않았을 배색이긴 하나 재미 삼아 입기에는 괜찮은 것 같아요. 마음이 들떠요. 단, 굳이 흠을 잡자면 신발이 별로예요. 디자인은 근사하지만 서 있는 모습을 상상했을 때, 이 경우, 굽이 없는 편이 깔끔하지 않았을까요."

아픈 곳을 찔렸다. 이러니저러니 해도 나름대로 열심히 노력했는데 여성용 신발의 세계는 너무 심오하다. '이 정도면 됐어' 하고 마음속 어딘가에서 체념한 감은 부정할 수 없다.

"로프를 풀어 주시면 모델 워킹으로 증명할 수 있는데, 어떨까요?"

천연덕스러운 부탁에 하마터면 순순히 결박을 풀어 줄 뻔했지만 가까스로 마음을 다잡았다. 위험해, 위험해.

나는 복식 학교의 강사에게 유익한 강습을 받고 있는 것이 아니다. 나는 납치해 온 여성과 마주하고 있는 흉악한 유괴범인 것이다.

그런데 어쩐지 흉악이라는 것은 잘 모르겠다. 어떻게 행동하면 흉악한 거지? 사전 준비와 예행연습은 게을리하지 않았으나, 아무래도 이렇게 탐정을 유괴한 적은 처음이므로 뭐가 뭔지 모르겠다.

문득 돌이켜 보면 옷도 준비하고 의자도 준비하고, 꽤 극진히 대접하고 있다는 느낌도 든다. 이러면 완전히 유괴범이라기보다 집사이다.

그 점이 오히려 수상했는지,

"그런데요. 저는 살해당하고 마는 걸까요?"

라고 쿄코 씨가 지금까지와 전혀 다르지 않은 어조로, 그러나 느닷없이 핵심을 찌르는 투로 질문을 던졌다.

"그도 그럴 것이 저는 망각 탐정이거든요. 어떠한 경위로 이곳에 감금되어 있는지 전혀 모르겠어요. 그럼에도 이처럼 눈이 가려져 있지 않을 뿐만 아니라 안경까지 끼워진 상태에서, 복면도 쓰고 있지 않은 당신과 대치 중이라면 당신들은 저를 살려 보낼 생각이 없다는 뜻이려나요?"

"당신들, 이 아닙니…."

입을 다무는 것이 늦어져 반사적으로 나는 단독범임을 고백하고 말았다. 누군가와 함께 또는 누군가의 지시로 이런 일을 하는 것이 아니다, 라고 주장하고 싶은 내 허영심을 이용한 유도 질문이었을까.

탐정의 화술은 실로 무시무시하다. 이대로라면 내 개인 정보를 몽땅 털려 버릴 것 같다. 내가 유괴를 위해 쿄코 씨의 개인 정보를 모으는 데 들인 어마어마한 시간을 생각하니 재능의 차이에 압도된다.

뭐, 됐다.

정보가 얼마나 유출되든 간에 상관없다면 상관없는 일이다. 맨얼굴이 드러나도 상관없는 것과 같다.

어차피 마지막에는 죽일 거니까…가 아니다. 그야말로 망각 탐정이기 때문…이다.

얼굴이 드러나도, 아예 내 정체가 남김없이 모조리 까발려져도, 차량 안에서 그랬듯이 그녀를 잠재우는 데만 성공하면 내 죄악은 깨끗이 잊혀 없었던 일이 되므로.

내 범죄는 말소된다.

따라서 로프는 느슨하게 묶어 살갗에 자국이 남지 않도록 배려해야 했다. 이토록 눈치 빠른 그녀이다, 묶인 흔적을 보고 자신이 감금되어 있었음을 추리할지도 모른다.

여하튼 눈을 가릴 필요는 없다.

안경은 딱히 있으나 없으나 상관없었겠지만, 전 세계와 스마트폰으로 이어지는 현대라고 해도 역시 중요한 대화는 서로의 얼굴을 똑바로 보면서 해야 한다는 것이 내 지론이다.

협박 전화는 빼고.

"살… 위해를 가할 생각은 없습니다."

나는 딱 잘라 말했다. 아니 '딱 잘라'라고 하기에는 표현을 정정하고 말았다. '살해'라는 직접적인 단어를 입에 담는 것을 주저하고 말았다.

배짱이 부족한 만만한 상대라고 나를 얕볼 것인가… 뭐, 필요 이상으로 내게 겁을 먹고 패닉에 빠지는 것보다는 그 편이 낫지만.

어차피 하는 일은 똑같다.

나는 말을 이었다.

"지금 당신의 부하 직원에게 몸값을 요구해 두었습니다. 그 거래가 무사히 끝나면 아무 문제도 없이 쿄코 씨는 집에 돌아가실 수 있습니다. 물론 모든 것을 잊은 다음이 되겠지만…."

"몸값. 호오, 제게 부하 직원이 있군요. 틀림없이 천애 고독한 하드보일드 탐정일 줄 알았어요. 그런데 금액은, 어느 정도인가요?"

수전노로 이름난 쿄코 씨답게 입을 떼자마자 구체적인 액수를 확인한다. 초면인 상대에게 염치도 없이 연 수입을 물을 수 있는 타입의 사람인지도 모른다.

"10억 엔입니다."

특별히 거짓말을 해야 할 이유가 생각나지 않고, 어설프게 속이러고 들면 다른 비밀이 들통날 것 같은 예감도 들어 나는 솔직하게 대답했다.

"10억 엔이라고요."

서프라이즈는 되지 못한 듯하다. 오히려 배신을 당한 듯 쿄코 씨는 과장되게 한숨을 쉬었다.

"과거에는 전투기 수준의 가격이 매겨진 적도 있는 제 두뇌인데 참 싸게 책정되었네요."

"10억 엔이면 쌉니까?"

과거, 라는 것은 언제일까? 리셋되기 이전의 기억일지, 아니면 그냥 농담일지. 현혹되면 안 된다.

"참아 줄 수 있는 금액이기는 해요. 어쨌거나 제 부하라는 사람에게 지불 능력이 있는지 어떤지는 의문이지만요."

부하라… 맞다.

쿄코 씨가 깨어나는 순간을 보고 싶어서 나도 모르게 이 감금 룸에 붙어 있었는데 슬슬 오키테가미 빌딩으로 다시 전화를 걸어야 했다.

오키테가미 탐정 사무소의 유일한 직원인 경비원, 오야기리 마모루의 동향을 확인하고 싶다. 내 요구대로 몸값을 마련하러 다니고 있을까? 아니면 요구를 어기고 경찰에 연락해 버렸을까?

저쪽이 어떻게 나오느냐에 따라 당연히 이쪽의 대응도 달라진다. 나는 가급적 쿄코 씨를 해치고 싶지 않지만, 수단 방법 가릴 수 없는 상황까지 내몰릴 가능성도 있음은 부정할 수 없기 때문이다.

오키테가미 빌딩의 전화기에 역탐지 시스템이 탑재되어 있지 않다는 것은 물론 알고 있지만, 그래도 멀리 나가서 공중전화로 전화하는 정도의 주의는 기울여야 한다.

단독범이라는 것은 내 자랑이지만, 이럴 때는 역시 조력자가 있었으면 싶기도 하다.

하여간에 전화를 하려면 먼저 쿄코 씨와의 대화를 매듭지어야 한다.

"그럼 경우에 따라서는 몸값 인상도 시도해 보죠. 저는 이제 낌새도 살필 겸 당신 부하에게 두 번째 협박 전화를 걸까 하는데, 어떻습니까, 쿄코 씨. 그동안 멍하니 기다리려면 분명 따분할 테니 잠시 게임이라도 하지 않겠습니까?"

"게임?"

"퍼즐이라고 할까요, 말하자면 수수께끼 풀이입니다. 당신이 인질로서 정말 10억 엔의, 혹은 그 이상의 값어치가 있는지 확인시켜 주었으면 합니다. 이렇게 대화하는 것만으로도 그 능력의 편린은 엿볼 수 있지만, 그래도 10억 엔은 너무 지나친 요구가 아닌가 싶어 걱정하던 참이었거든요."

"어머. 그거 말씀이 심하시네요. 하지만 그런 이유라면, 제가 능력을 증명해야만 할 이유는 없는 것 같은데요. 유괴범을 안심시켜 줄 필요를 별로 못 느끼겠거든요. 몸값을 깎을 수 있으면 제 충실한 부하는 좋아하겠죠. 쓸데없는 지출도 막을 수 있고요."

충실한지 어떤지는 모르겠지만… 자신의 몸값을 '쓸데없는 지출'이라고 단언하는 그 멘탈은 대단하다.

돈의 노예가 아니라 오히려 돈의 신이 아닐까.

"이유는 있습니다. 만약 쿄코 씨가 게임에서 이기면 제 쪽에서 호화로운 식사를 제공하기로 약속드리겠습니다."

"…만약 지면요?"

"딱히 아무 일도. 호화로운 식사가 제공되지 않을 뿐입니다."

"어머나. 초라한 식사가 제공되는 건가요?"

"아니요, 무슨 말씀이신지. 쿄코 씨에게는 초라한 것이 어울리지 않을 텐데요. 패자에게는 아무것도 제공되지 않습니다."

"포로 학대네요. 칭찬할 것이 못 되지만, 그렇다면 아무래도 당신의 심심풀이에 저는 협력하는 수밖에 없을 것 같아요… 저도 이렇듯, 한가하니까요."

단, 정말로 심심풀이였을 때의 얘기지만요… 라고 쿄코 씨는 은근슬쩍 이쪽의 속마음을 떠보듯 말했다.

역시 호락호락하지 않은가.

난데없는 게임 제안에 선뜻 넘어와도 리액션이 곤란해지지만.

그런 두뇌라면 정말 10억 엔의 가치가 없다.

그래도 의식주의 '식'이 담보로 잡힌 터라 유괴범의 속마음에 꿍꿍이가 있음을 짐작하고도 일단은 협력하지 않을 수 없었나… 했지만 그런 것도 아닌 모양이다.

기본적으로는 그게 맞는 모양이지만 그녀가 게임에 협조하고 싶어진 이유는 '식' 때문이 아니었다.

의식주의 '의'였다.

"호화 메뉴는 뒤로 미루어도 상관없으니 유괴범 씨. 제가 이기면 일단 이것과는 다른 옷을 준비해 주시겠어요? 신발을 바꿔 신고 싶기도 하지만… 으음, 그게, 반소매가 어색해서요."

그렇게 갈아입고 싶은가.

합격점, 전혀 받지 못했잖아.

2

[안 돼. 단 한 푼도 깎아 줄 수 없어. 몸값은 10억 엔이야. 금액이 올라가는 일은 있어도 내려가는 일은 없어. 또 연락할 테니 그때까지 준비해 둬.]

기다리고 기다리던 두 번째 협박 전화가 온 것은 애가 타고 애가 타던 오밤중의 일이었으나, 정작 통화 시간은 1분도 채 되지 않았다. 나름대로 기합을 단단히 넣고 만반의 준비를 갖추어 임했는데도 전혀 교섭이 되지 않았다는 것이 실정이다.

인정사정없다는 것은 바로 이런 경우이다.

그런 식으로 결렬되니 상사의 몸값을 깎으려고 한 자신이 마치 비겁한 근성의 소유자인 것 같아서 필요 이상으로 기분이 착가라앉고 말았다.

2억 엔이라는 눈이 핑 돌 듯한 거금을 앞에 하고, 이로써 사태가 해결되었다고는 못 해도 해결을 향해 한 발짝 크게 내디딘 듯한 기분이 되어 있었던 만큼 무력감은 더 크다.

하긴, 설령 깎는다고 해도 8억 엔이나 깎는 것은 무리가 있었을까. 2억은 거금이지만, 그렇다고 8억 엔을 깎아 달라는 것은 사회 통념상 턱도 없었을까.

10억 엔이라는 터무니없는 액수를 요구한 것은 더 많이 뜯어내기 위한 테크닉으로, 진심으로 그만한 몸값을 바라는 것은 아닐 것이다, 막말로 1억 엔으로도 거래는 할 수 있을 거라고 카쿠시다테 씨가 익숙한 듯 어드바이스했을 때는 과연 그렇다고 납득했지만, 유괴범은 아주 진지하게 10억 엔을 요구했는지도 모른다.

빌딩을 팔아 치워서라도 돈을 만들라는 억지를 부리고 있는 거라면… 아니면 내가 발견하지 못했을 뿐, 쿄코 씨의 은닉 자산은 아직 이 부동산 내부에서 신음하고 있나?

범인은 그 사실을 알고 그런 거래를 제안한 걸까. 범인이 이 유괴 계획을 위해 사전에 얼마만큼 선행 투자를 했는지는 확실하지 않지만, 10억 엔이 손에 들어올 것을 전제로 플랜을 세웠다면 아주 무모하게 돈을 움직였을 가능성은 있다.

이를테면 10억 엔을 손에 넣기 위해 5억 엔 이상 투자했다면 2억 엔으로 협상을 타결하기란 불가능하리라… 아니면 단순한 유쾌범*일 가능성도 있다.

될 것 같지도 않은 요구를 함으로써 내가 놀라 허둥대는 꼴을 보고 싶은 것뿐일지도… 그런데 이렇게 말하기는 좀 그렇지만 내게 그만큼의 가치가 있나?

반대라면 가능할지도 모른다.

직원인 내 신병을 확보하고 고용주인 쿄코 씨에게 10억 엔을 요구하여 유명한 명탐정이 우왕좌왕하는 모습을 즐긴다… 그런 악취미적인 유희는 뭐, 그럭저럭 성립한다.

독자에 대한 도전이 아니라 명탐정에 대한 도전이다.

그런 범인도 있으리라. 세상은 넓고 세계에는 다양한 사람이 있다.

하지만 어디까지나 한 명의 경비원일 뿐이며 명탐정의 파트너조차 아닌 나를 협박하고 곤란에 빠뜨리면 대체 무엇이 즐겁단 말인가? 그런다고 아무도 칭찬하지 않는다고. 나를 괴롭혀 봤자

※유쾌범 : 쾌감을 맛보기 위해 범죄를 저지르는 유형의 사람.

불명예만 될 뿐 아무런 명예도 되지 않는다.

그렇다면 역시 유괴범은 순수하게… 순수한 건 아니지만, 순전히 10억 엔을 원한다고 봐야 하나.

그건 그렇고 교섭이 성립되지 않았을 뿐만 아니라 너무도 쌀쌀맞은 그 태도 탓에 나는 쿄코 씨의 무사함을 확인할 수조차 없었다. 분하기 짝이 없지만, 8억 엔을 깎는 교섭에 안달이 나서 '목소리를 들려 달라'라는, 이번에야말로 꼭 했어야 했던 요구를 잊고 말았다.

뭐, 단칼에 거절했다고밖에 말할 수 없는 유괴범의 그 태도로 보아 그런 요구가 받아들여졌을 것 같진 않지만. 게다가 짐작하건대 그 협박 전화는 공중전화로 건 것이다.

역탐지 시스템이 깔려 있지 않으며 넘버 디스플레이가 달려 있지 않은 유선전화일지라도, 그리고 탐정술의 기초조차 모르는 경비원일지라도 두 번째 협박 전화쯤 되면 그 정도 소견은 얻을 수 있다.

별것 아니다, 흥분한 나를 비웃기라도 하듯 통화 도중에 땡그랑 하는 소리가 난 것이다. 아마 공중전화에 추가 요금인 10엔 동전을 투입할 때 난 소리이다.

그만한 사실로 범인상을 좁히는 것은 위험하지만, 범인은 공중전화 사용에 별로 익숙하지 않은 인물로 추정된다. 그처럼 쌀쌀맞게, 즉 짤막하게 통화하고도 추가 요금이 필요할 정도라면 굳이 현 밖에서 협박 전화를 건 것이겠지만, 그 경우 통화 요금이 껑충 뛰어오른다는 점까지는 계산하지 못했으리라. 계산했다면 처음부터 100엔 동전을 넣었을 것이다. 당황해서 소리를 내고 말았으리라. 어차피 금방 끊을 셈이었기에 10엔이면 될 거라고 방심했다..

그렇다고 뭐가 어떻다는 것은 아니다.

뭐, 실제로 첫 번째 협박 전화 때는 10엔으로 충분했을 테니 방심했다는 말은 지나치다.

공중전화 위치를 특정 짓는 기술이 내게는 없고, 공중전화 사용에 익숙하지 않은 건 이제 일본 국민 대부분이 그렇지 않은가.

이런 것으로 뭔가 추리한 듯한 기분에 잠겨 봤자 실제로는 전진조차 하지 못했다. 단, 굳이 지적하자면 10억 엔을 원하는 범인이 100엔 동전을 아끼는 듯한 모습에는 다소 위화감이 남으려나…?

유쾌범이라는 설에 설득력이 생기나? 아니, 그러면 심히 곤란하다. 영리 목적이 아니라 쾌락을 위한 유괴라면 쿄코 씨가 무사히 돌아오지 못할 가능성 쪽이 더 높아진다.

툭하면 나 혼자만 범인의 무리한 요구에 시달리고 있는 듯한 느낌이 드는데, 쿄코 씨는 쿄코 씨대로 사로잡힌 몸으로 범인에게 무리한 것을 강요받고 있을지도 모른다.

쿄코 씨가 외출한 지 벌써 열두 시간 이상 지났는데 밥은 제대로 얻어먹었을까? 이런 때 범인에게 손님 대접을 기대한다는 것이 더 이상할지도 모르지만….

게다가 범인은 마음에 걸리는 말을 했다. 마음에 걸린다기보다 절망적인 말이지만… '금액이 올라가는 일은 있어도 내려가는 일은 없어'. 그게 무슨 소리지? 10억 엔을 요구하고도 거기서 더 몸값을 올리는 전개가 있을 수 있다는 건가?

확실히 목숨의 가치는, 쿄코 씨가 아닌 누구의 목숨이더라도 10억은 물론이고 100억에마저 필적할지 모르니까. 아니, 목숨에 값은 매길 수 없다고까지 말할 수 있겠지만, 그래도 없는 돈은 줄 수 있을 리 없다.

…일단 공중전화에 관해서는 전진이라고 할 수 없을지도 모르나, 범인도 완벽하지 않다는 것은 알았다. 쿄코 씨나 오키테가미 탐정 사무소, 또는 나에 대한 밑조사는 과연 꼼꼼하게 했을지 몰라도 공중전화 사용법까지 꿰고 있었던 것은 아니었다.

자학이나 무력감에 짓눌리지 말고 그것만으로도 수확으로 여겨야 한다. 범인상을 너무 비대화해 나가면 아무것도 할 수 없게 된다. 유괴범이든 살인범이든 간에 어디까지나 그도 인간일 뿐, 괴물도 요괴도 아니다.

그건 그렇고 벽에 부딪친 것은 틀림없다.

공중전화를 사용할 때 확실히 범인은 인간미 넘치는 실수를 저질렀을지 모르지만 그런 건 추리소설의 트릭에서 사소한 모순을 발견한 거나 마찬가지로, 그 부분을 들먹여 봤자 전체에는 영향이 없다. 범인은 내가 더 큰 돈을 구하러 다니기를 기대하는지도 모르지만 (처음에는 시험 삼아 10억 엔을 요구했으나, 그 금액에는 못 미치더라도 내가 2억 엔이라는 거금을 실제로 지불하려고 했기에 저쪽에서 욕심을 부렸을 가능성도 있다. 그건 그것대로 인간미가 넘친다) 그 접근 방식이 건설적이라고는 도무지 생각할 수 없다.

드디어 경찰에 도움을 구할 때인가.

더 일찍, 아니, 처음부터 해야 했던 일을 할 때인가. 세상에는 아무리 2억 엔이 주어진다고 해도 불가능한 일이 있다. 돈이 전부가 아니라는 것은 몸값을 요구받고 있는 이때 깨달아야 하는 교훈이 아니지만… 곤경에 빠져 경찰에 조력을 구하게 되면 탐정으로서의 간판에 돌이킬 수 없는 흠집이 생길 거라고 걱정하던 쿄코 씨의 열혈 팬이자 우수 고객, 카쿠시다테 씨의 마음을 이해 못 하는 건 아니지만, 그 간판도 신변의 안전과 맞바꿀 수 있는 건 아니리라.

최악의 경우 탐정 사무소를 폐업해야 하더라도 살아만 있으면 그 후의 전망은 있다. 오히려 그 점에 있어서 나는 '탐정이기 때문에야말로 쿄코 씨일 수 있는 것이다'라고 믿어 마지않는 카쿠시다테 씨와 다르게, 그런 상사라면 뭘 하든 성공할 것 같다는 이미지를 갖고 있다. 하루마다 기억이 리셋되는 본질은 망각 탐정이 아니더라도 얼마든지 활용할 수 있을 것이다.

거리에 나앉을 리 없다.

나는 직장을 잃겠지만 그것은 사소한 문제이다. 경비원으로서 쿄코 씨를 가드하지 못한 책임은 어디선가 지지 않으면 안 된다.

결론을 내기 전에 반대 의견도 검토하고 싶지만 반대파, 아니, 망각 탐정파인 카쿠시다테 씨는 현재 한창 누명 사건의 주역으로 활동 중이니 필시 유치장 안에서 하룻밤을 보내고 있을 것이다. 다시 상담하고 싶어도 통화가 될 리 없다. 지금쯤이면 휴대전화도 빼앗겼으리라.

내 독단으로 판단을 내릴 수밖에 없다. 내가 책임지고, 책임감을 갖고.

3

하지만 뒤늦게나마 결단을 뒤집고자 당장 110 다이얼을 돌릴 수도 없다. 신고하게 되면 신고하게 되는 대로 어렵고도 고민스러운 다음 문제에 직면하게 된다.

이미 한 번 생각한 것이기는 한데, 무턱대고 신고할 것이 아니라 일단은 망각 탐정의 사정을 아는 형사에게 신고해야 하리

라. 즉, 쿄코 씨의 클라이언트였던 경험이 있는 경찰에게 도움을 구하는 편이 아무래도 일을 진행하기가 편할 듯하다. 말이 잘 통할 테고, 망각 탐정의 프로필을 처음부터 설명하지 않아도 된다.

행방불명된 지 만 하루가 지난 것도 아닌 데다 걸려 온 협박 전화를 녹음해 둔 것도 아니다. 설명에 쩔쩔매는 바람에 경찰 측에서 탐정 사무소가 안고 있는 민사 트러블로 오해하면 곤란하다.

경찰로부터 비공식적으로 협조 요청을 받기도 하는 망각 탐정. 탐정이 없을 때 경비원인 나를 통해 의뢰한 적이 있는 형사라면 그 수는 한정될뿐더러 누가 어느 서의 무슨 형사인지 자세히 적어 둔 것도 아니므로 (그것은 오키테가미 사무소의 직원인이상 사건에 직접 관여하지 않는 경비원이라고 해도 금기이다. 작성해도 되는 것은 경계 대상 명부뿐이다) 선택의 여지는 거의 없는 것이나 다름없지만, 아주 조금일지라도 쿄코 씨에게 보탬이 되는 일을 하고 싶다.

히지오리肘折 경부, 토오아사遠淺 경부, 돈마鈍磨 경부, 사와자와佐和澤 경부, 오니니와鬼庭 경부, 야마노베山野邊 경부, 하토바波止場 경부, 미스노御簾野 경부, 후지무라二々村 경부, 모모치하마百道浜 경부, 유사카遊佐下 경부, 으음, 그 밖에 단골손님이라고 할 만한 사람은….

아무쪼록 가장 유능한 형사와 연락이 닿았으면 하는 바람이지만, 탐정업과 달리 경찰은 결국에는 조직적으로 팀이 짜인다는 점을 생각하면 개인 능력은 별로 관계없을지도 모른다. 그보다는 유괴 사건의 수사반에 강한 연줄을 갖고 있는 형사에게 부탁해야 하나. 그렇지만 클라이언트들이 쿄코 씨에게 느끼는 감정도 각양각색이다. 직무상 꼭 필요하여 마지못해, 또는 상사의 명령을 받아 외부인인 쿄코 씨에게 의뢰한 형사도 있다. 툭 까놓고 말해서 수전노인 망각 탐정에게 악감정이 있는데도 사건 해결을 위하여 불가피한 판단을 내린 형사도 있고.

그것은 어쩔 수 없는 일인지도 모르지만 그런 사람에게는 역시 좀 부탁하기가 힘들다. 카쿠시다테 씨만큼은 아니더라도 자기 일처럼 나서 주는 사람이 좋다.

…아니, 잠깐만.

있지 않을까? 덮어놓고 포기하지 않아도, 경찰서 내에도 카쿠시다테 씨만큼, 어쩌면 그 이상으로 쿄코 씨의 일에 자기 일처럼 나서 줄 사람이, 어쩌면.

그도 그럴 것이 경찰이 망각 탐정에게 하는 의뢰는 분명 철저하게 비밀스러우며 비공식적인 일이므로, 이제 와서 '그때 진 빚을 갚아 주십시오!' 하고 압박한다는 것은 어이없을 만큼 황당한 이야기이다. 애당초 수전노가 수전노에 걸맞은 요금을 징수한 시점에서 클라이언트와의 사이에 빚은 없다.

대등하며, 평등하다.

지금 이 순간 도움을 구하려 하는 것 자체가 망각을 전면에 내세우는 탐정 사무소로서는 매너 위반인 셈이다. 좋게 말하면 커넥션이지만, 나쁘게 말하면 앙금이 남지 않는 관계이기 때문에 쿄코 씨일 수 있는 것이다.

소년 만화처럼 주인공이 위기에 처한 순간 옛 동료가 달려와 준다, 와 같은 전개는 아무리 바라더라도 기대할 수조차 없다.

다만, 대상을 일로 얽힌 클라이언트로 한정하지 않는다면 경찰서 내에도 쿄코 씨 팬은 꽤 있다. 진위가 불확실한 소문 레벨의 이야기이지만, 특히 경찰청 상층부에는 비공식 팬클럽을 결성한 엘리트가 있다나 뭐라나⋯ 언젠가 열린 강연회에서도 쿄코 씨 스스로가 그런 말을 했었다.

그런 경찰에게 접촉한다면 강한 모티베이션을 갖고 사건 해결에 임해 줄지도 모르고, 그리고 팬인 이상, 경찰에 기댐으로써 망각 탐정의 간판에 날지도 모르는 흠집을 최소화해 줄지도 모른다.

이거다. 이걸로 가자.

다행히 그 안이라면 믿는 구석이 있었다. 아니, 그 안이라면 선택의 여지가 거의 없을 뿐 아니라 믿는 구석은 하나밖에 없었다.

제3화

노란색 문제지

1

오키테가미 탐정 사무소에 협박 전화를 하고 돌아오는 길, 그제야 나는 망각 탐정의 계략에 빠졌음을 깨달았다.

게임의 '경품'을 의식주의 '식'이 아니라 '의'로 설정한다는 것은 참으로 패셔너블한 쿄코 씨다운 자세라고, 감탄까지는 아니어도 묘하게 납득하여 덜컥 그 안을 수락한 나인데, 그 결과 쿄코 씨는 자유를 잃고 감금된 몸이면서 오히려 의식주의 '식' 문제를 보류했다. 보류했다기보다 확보했다.

다시 말해 생명줄인 '식'을 인질로 잡히는 사태를 모면했다. 게임 결과가 어떻든 간에 사실상 나로서는 쿄코 씨가 굶어 죽는 것도 곤란하니 식사는 정상적으로 제공할 수밖에 없다.

내가 준비한 옷이 에두른 말로 촌스럽다는 식의 평가를 받아 조금 발끈했는지도 모른다. 그런데도 만약 쿄코 씨가 맛보기로 안락의자에 앉은 그녀의 무릎에 남기고 온 세 장의 '문제지'를 풀지 못했을 때는, 평소의 그녀라면 절대 시도하지 않을 법한 스포티한 차림이라도 시키자면서 살짝 짓궂은 장난을 획책했으니, 나도 어지간히 사람이 좋다.

꼴이 말이 아니다.

좀처럼 흉악범이 될 수 없다.

하지만 뭐, 됐다 치자.

의외로 이 편이 결과로서는 바람직할지도 모른다. 어차피 쿄코 씨를 계속 감금하기 위해서는 그녀 자신의 협조적인 자세도 필요하다.

그런 식으로 (꽁꽁은 아니지만) 의자에 묶은 채 언제까지고 계속 가둬 둔다는 것은 무리가 있다. 왜냐하면 인간은 먹거나 갈아입거나, 자거나 깨거나 하는 이른바 생활이라고 할까, 생존이라는 것을 해야 하므로.

내버려 두면 죽어 버리고, 정신적으로 너무 몰아붙이면 혀를 깨물어 버릴지도 모른다. 태평한 듯하지만 그래 봬도 꽤 자존심이 셀 것 같은 쿄코 씨이다. 굴욕, 치욕보다는 죽음을 택할지도 모른다는 위험도 있다. 아니면 어떤 모욕을 당해도 '어차피 자고 나면 잊어버리니까' 하며 가볍게 넘기려나?

어쨌거나 나로서는 내 목적이 달성될 때까지는 쿄코 씨가 씩씩하게, 건강하게 지내 주지 않으면 안 된다. 욕심 같아서는 쿄코 씨가 스톡홀름 증후군에 빠져 주었으면 한다.

유괴범인 내게 친근감, 친애의 정을 품어 주면 참 좋을 것이다. 만만하다, 그리고 사람이 좋다, 그렇게 나쁜 녀석이 아니다, 라고 생각해 준다면 더할 나위 없다.

나를 좋아해 주길 바란다.

그런 이유로 나는 기회를 엿보아 쿄코 씨를 안락의자에 앉은 상태로부터 해방시켜 주지 않으면 안 된다. 그런 곳에 고정된

채로는 생활도 생존도 할 수 없다. 적어도 선심 쓰듯 로프는 풀어 주어야지. 뭐, 그렇게 해도 어차피 그 방을… 그 '밀실'을 탈출하기란 불가능하다.

그 밀실에 트릭은 없다. 단순한 폐쇄 공간으로, 아무리 큰 소란을 피워도 그 소리가 외부로 새어 나갈 일은 없다. 쿄코 씨를 감금할 목적으로 준비한, 오로지 그것만을 위한 방이니 그게 당연하다.

선행 투자로서는 그 옛날 차보다 훨씬 돈이 많이 들어갔다. 그 보람은 있었다고, 지금이라면 말할 수 있다.

그나저나 돈 얘기가 나왔으니 말인데, 오야기리 마모루.

오키테가미 탐정 사무소의 유일한 직원이자 오키테가미 빌딩에 상주하여 일하는 경비원이 이 단시간에 2억 엔을 마련했다는 것은 솔직히 말해 의외였다.

2억 엔을 마련했다는 것도 의외였고, 몸값을 깎으려고 든 것도 의외였다. 의외라기보다 이상하다. 이상 사태이다. 직접 만난 적이 있는 건 아니지만 사전 밑조사 때는 고지식하고 융통성 없는 성격이라고 들었기에 (그래서 이전 직장에서 다소 부당하게 잘렸다나) 몸값을 그토록 대담하게 깎는 짓을 할 줄은 몰랐다.

그야말로 만만하게 생각했을 정도지만, 나는 그를 더 경계해야 되는지도 모른다.

거래를 제안해 오는 그에게 2억 엔에는 응할 수 없다고 얼른 퇴짜를 놓았지만 속으로는 하마터면 덜컥 응할 뻔했다. 뭐, 그의 쌈짓돈이라고는 역시 생각할 수 없으니 그 돈 자체는 쿄코 씨가 빌딩 안에 쟁여 두었던 재산이리라.

망각 탐정의 수완이 엿보인다.

계산 밖이기는 하나 기쁜 오산이기도 했다. 그건 그렇고 한동안은 방치해 두어도 좋으려니 했는데 낌새도 살필 겸 오키테가미 빌딩에는 자주 연락을 취하는 편이 좋을 듯하다.

오야기리 마모루가 무엇을 할지 조금 예상할 수 없게 되었다. 솔직히 몸값을 마련하러 다니고 있다면 더 바랄 게 없지만, 뜻밖에 그런 짧은 대화로도 이쪽에서 힌트를 이끌어 냈을지도 모른다.

공중전화로 연락을 취하는 것도 실제로 해 보니 의외로 현명한 선택이라고는 생각할 수 없게 되었다. 일단 현대사회에서는 공중전화를 찾기가 힘들고, 고생해서 찾았더라도 방범 카메라가 빈틈없이 감시하고 있거나 한다.

유괴범이 된 기분에 젖고 싶어서 TV 드라마의 영향을 받은 행동을 취했을 뿐인데, 그냥 휴대전화의 발신자 표시 제한으로 거는 편이 효율적일 거라는 생각이 들기 시작했다. 발신 지점으로 현재 위치가 특정되지 않도록 그래도 일일이 멀리 나갈 필요는 있겠지만… 더 좋은 방법도 있을 듯하다. 해 보지 않으면 알 수 없는 것투성이다.

그 보람은 있다고 믿자.

조금 예민해진 나머지 나는 만약을 위해 빙글빙글 우회에 우회를 거듭하면서 자체 제작한 '밀폐 공간'으로 돌아왔다.

약 두 시간가량 나가 있었는데 이 정도면 아마 내가 건넨 세 장의 '문제지'를 쿄코 씨는 다 풀었으리라.

다소 도착된 감정에 사로잡혀 있는지도 모르지만, 게임의 승패보다도 내 센스를 그토록 부정했던 쿄코 씨가 대체 '경품'으로 어떤 근사한 옷을 요구할지가 더 궁금했다. 그런데 역시 세상만사는 계획대로 되지 않는다.

"새근새근."

하고.

쿄코 씨는 안락의자를 앞뒤로 흔들며 잠이 들어 있었다. 무릎위에 놓인 '문제지'를 훑어본 듯한 흔적은 있으나, 그녀가 어떤답을 내었든 이제 그것은 무릎담요 정도의 역할밖에 하지 못했다. 왜냐하면 잠들어 버린 이상 쿄코 씨는 '오늘 하루'치의 기억을 상실하고 말았으니까.

일이 이렇게 되고 보니 아마도 안락의자에 묶은 것은 실수였던 듯하다. 뭐, 아무리 쾌적해도 이 환경에서 잠이 드는 것은 너무도 뻔뻔하다고 할 수밖에 없지만… 맙소사, 이것은 기쁜 오산이라고는 할 수 없다. 슬픈 무산이다.

스톡홀름 증후군 작전은 처음부터 다시 시작이다. 뜸들이지 말고 얼른 안락의자에서 해방시켜 두었어야 했다. 뭐, 좋다.

나는 몇 번이고 되풀이하리라. 실수든 범죄든 되풀이하리라. 딱 한 번, 고작 한 번, 목적을 이룰 때까지는.

2

[으음… 오야기리 씨. 그런 사정이라면 어째서 제게 전화를 주셨는지 전혀 모르겠는데요…. 이렇게 말하기는 좀 그렇지만, 저는 일본에서 일하는 모든 경찰 가운데 가장 강경한 반反 쿄코 씨 파派인데요.]

그렇게 딱 잘라 말하니 말을 잇기가 곤란하지만, 물론 그런 건 나도 이미 알고 있다. 아무리 궁지에 몰리고 아무리 혼란에 빠졌다고 해도 히다루이日怠井 경부를 쿄코 씨 편으로 착각할 만큼 바보는 아니다.

오히려 히다루이 경부는 쿄코 씨의 천적이라고 해도 좋을는지 모른다. 완고한 천적이다. 그것은 망각 탐정이 내세우는 비밀유지 의무의 범주를 조금 일탈한 사건이었기에 나 같은 '제삼자'도 알고 있는데, 어떤 일에서 쿄코 씨는 이 경부와 대립했었다.

대립이라고 할까, 쿄코 씨는 히다루이 경부(의 부하였나?)에게 체포되어 경찰서 지하 유치장에서 하룻밤을 보냈다.

뭐, 그러는 게 당연한 상황이기는 했으나 그건 그것대로 감금 상태라고 할 수 있다.

툭하면 감금되는 명탐정이다.

그렇지만 딱히 쿄코 씨를 감금한 전과가 있다고 해서 히다루이 경부를 '용의자'로서 떠보는 것은 아니다. 쿄코 씨의 현 상황을 예측하는 데 있어 조금쯤은 그 방면의 참고 의견도 들을 수 있지 않을까 기대하지 않았다면 거짓말이 되지만, 애초에 나는 히다루이 경부에게 도움을 구하고자 한 것이 아니다.

쿄코 씨가 유치장에서 (남의 속도 모르고) 여유를 부릴 적에 그녀의 편의를 봐준 경찰이 그 경찰서 안에는 있었을 것이다. 그 사람이 누구인지는 특정할 수 없으나 그처럼 직무를 일탈한 '쿄코 씨 팬'이 있다는 것은 확실하다.

내가 유일하게 믿는 구석이란 바로 그 경찰이지 절대 쿄코 씨의 천적 히다루이 경부가 아니다. 그에게는 중개를 부탁하려 했을 뿐인데, 역시 험악한 경부였다.

괜히 누명 제조기로 불리는 게 아니다(생각해 보면 이 또한 심한 별명이다), 전화상인데도 내 석연치 않은 말투에서 수상함을 느낀 듯 취조가 시작되고 말았다.

어서 누군가에게 이야기하여 편해지고 싶은 마음도 있었으리라, 나는 애초의 뜻을 끝까지 관철하지 못하고 거의 미주알고주알, 히다루이 경부에게 오키테가미 탐정 사무소의 속사정을 토

로하고 말았다. 뭐, 클라이언트에게 제공받은 사건 정보를 누설한 것은 아니므로 비밀 유지 위반은 아닐 테지만… 자기 일처럼 나서 줄 경찰이기는커녕 하필 쿄코 씨의 천적에게 도움을 구하게 될 줄이야.

쉽게 풀리질 않는다.

어째서 쉽게 풀릴 거라고 생각했을까.

이 취조력에 맞섰던 쿄코 씨, 그리고 누명 체질인 카쿠시다테 씨의 담력이 새삼 존경스럽다.

끝나 버린 일은 어쩔 수 없다.

어차피 잔꾀였다.

[뭐, 그런 의미에서는 저도 일단 쿄코 씨의 클라이언트이긴 하네요. 그때는 억지로 의뢰한 거나 마찬가지지만.]

그런 경위가 있었던가. 그렇다면 더더욱 협력 상대를 잘못 골랐다… 뭐, 그렇지만 아무리 천적이라고 해도 이 신고를 묵살하지는 않으리라. 이다음 수사는 경찰에 맡기고 나는 엄숙하게 퇴장….

하려 했으나,

[아니, 이 건은 지금으로서는 제 선에서 끝내는 편이 좋을지도 모르겠군요.]

라고 히다루이 경부는 말했다. 뭐라고?

[생각을 좀 해 보십시오, 오야기리 씨. 10억 엔이라는 몸값을

요구한다는 것은 상식에서 벗어난 일이라고요. 아예 악질적인 농담이라고밖에 생각할 수 없는 액수입니다. 아무리 생각해도 개인에게 요구할 금액이 아닙니다.]

협박을 받고 있는 당사자로서는 제삼자의 정론을 크게 환영해야 하며 카쿠시다테 씨에게도 그걸 바라고 상담 전화를 걸었던 것이지만, 히다루이 경부가 내놓은 정론 역시 이쪽의 기대와는 다소 양상을 달리하는 것이었다.

그런 의미에서 나는 상담 상대를 계속 잘못 고르고 있다.

카쿠시다테 씨에게는 '바로 경찰에 전화해야 합니다! 안 하면 제가 할 겁니다!'라는 말을 기대했으나 강한 팬심으로 인해 오히려 훈계를 들어 버렸고, 마음을 굳게 먹고 경찰(관)에 전화를 걸었더니 '알겠습니다! 뒷일은 전부 저희에게 맡겨 주십시오!'라는 말은커녕 도리어 이야기를 끝내자는 말이 돌아왔다.

그런데 그 정론은 기대했던 정론보다 귀에 거슬리는 것이었다. 아니, 나 역시 황당무계하고 터무니없는 액수라고 생각한다.

하필 쿄코 씨가 수전노이고 그 저축액이 불확실했기에… 그리고 10억 엔은 안 되지만 2억 엔이라는 은닉 자산을 발견해 버렸기에… 왠지 모르게 그 점에 대해서는 더 이상 사고가 돌아가지 않았는데, 어느 각도에서 어떻게 해석하든 리얼리티가 없다.

한창 애니메이션에 빠져 있는데 '아니, 인간이 하늘을 나는 건

무리죠'라는 말을 들은 기분이다.

협박 전화라기보다 장난 전화를 받은 거나 다름없다. 만약 히다루이 경부가 전문 부서로 연결해 준다고 해도 그쪽에서 나를 제대로 상대해 줄까? 초등학생이 한밤중이 되었는데도 집에 돌아오지 않는다면 그야 뭐, 경찰도 진지하게 움직여 주리라… 하지만 다 큰 어른이다.

스물다섯 살이다.

망각 탐정이기에 그 연령의 정확성도 의심스럽기는 하나 적어도 성인이 되지 않았을 리는 없을 것이다. 그런 다 큰 여성이 하룻밤쯤 귀가하지 않았다고 해서 그것이 사건으로 다루어질까?

사건성을 주장하는 사람은 나뿐이고 증거가 있는 것도 아니다. 이렇게 되자 더욱 분했다, 쿄코 씨의 목소리를 들려 달라고 유괴범에게 요구하지 않은 것이.

[오해 마십시오. 저는 딱히 오야기리 씨의 말을 의심하는 것이 아닙니다. 장난 전화라고 생각하는 것도 아니고, 쿄코 씨의 장난이라고 생각하는 것도 아닙니다.]

쿄코 씨의 장난이라는 맹랑한 가능성은 검토한 적이 없었다. '생각하는 것도 아니다'라고 했지만, 그럴 가능성도 꼼꼼히 상정했다는 점에서 누명 제조기와 망각 탐정 사이에 한때 파직파직 튀었던 불꽃의 잔재가 느껴진다.

[오히려 범인의 목적은 거기에 있지 않을까, 하고 저처럼 꼬인

사람은 생각하고 말거든요.]

 ? 무슨 의미일까?

[망각 탐정에게 있어 유일한 식구라고 해도 좋은 오야기리 씨의 움직임을 묶어 둠으로써 쿄코 씨를 불안하게 고립시키는 것이 유괴범의 목적이 아닐까 싶어서요. 몸값을 마련하러 다니든 이야기를 믿어 주지 않는 경찰을 설득하든, 시간을 빼앗긴다는 점에 변함은 없지 않습니까?]

시간… 아니, 쿄코 씨의 유일한 식구라고 하니 어쩐지 낯간지러운 느낌이지만 뭐, 세상과의 관계를 싹 끊었다고 해도 좋은 망각 탐정이 유일하게 고용한 직원이라는 의미에서는 그럴지도 모른다.

부모 형제, 일가친척을 알 수 없는 쿄코 씨이므로 가장 가까운 위치에 있는 내게 어쩌다 보니 몸값 청구서가 날아왔다는 식으로 여겼는데, 유괴범의 시점에 서 보니 가장 성가신 사람은 나인지도 모른다는 생각이 든다.

즉, 만약 나라는 경비원이 없다면 쿄코 씨가 행방불명되어도 아예 수색원搜索願을 접수할 가족도 없거니와 수사반이 편성될 리도 없다. 단골 클라이언트(예를 들어 카쿠시다테 씨)가 의뢰하려다 헛수고를 할 때 발생하는 위화감은 있을지 모르지만, 원래 탐정이라는 직업 자체는 일종의 떠돌이 같은 구석이 있다. 언젠가 그랬듯이 훌쩍 유럽 유행을 갔으려니 생각할 뿐일지도…

따라서 반대로 말해 내 움직임만 묶어 두면 범인 입장에서는 유괴에 따르는 리스크가 아주 낮아지는 셈이다.

왜냐하면.

[왜냐하면 쿄코 씨는 망각 탐정이니까요. 설령 범인의 얼굴을 본다고 해도, 유괴라는 흉악 범죄에 피해를 입는다고 해도 자고 일어나면 모든 것을 잊어버리죠.]

살짝 지긋지긋하다는 듯이 말하는 히다루이 경부. 자신이 담당했던 사건에서 그 너무나도 명쾌한 망각 능력 탓에 톡톡히 고생했던 한을 그야말로 아직도 잊지 못한 모양이다. 으음. 정말로 나는 누구에게 도움을 구하고 만 걸까… 면목이 없다. 그런데 본인의 기분을 무시하고 말하자면 그의 어드바이스는 일일이 정확하다.

[유괴 대상으로서는 리스크가 낮다고 할 수 있습니다. 범죄 수사의 프로인 명탐정을 유괴한다는 건 언뜻 무모한 것처럼도 보이지만, 그 부분만 해결하면.]

10억 엔이 손에 들어온다는 건가.

아니, 아니다. 그 요구는 내 움직임을 막고, 또 경찰에 신고되었을 때 떨어뜨리기 위한 미끼라고 히다루이 경부는 말하고 있는 것이다.

[도리어 2억 엔이라는 은닉 자산이 나온 시점에서 유괴범은 깜짝 놀라지 않았을까요.]

과연 어떨까. 그러고 보니 내게 두 번째 협박 전화를 걸었을 때 범인은 놀랐던 것도 같다. 금액 인하 교섭은 쌀쌀맞게 거절해 버렸지만, 그 완고함은 바로 의표를 찔렸기 때문에 튀어나온 반사적인 태도였다고 보는 것도 불가능하지는 않다.

거부반응.

어쩌면 이 남자의 수완이라면 10억 엔을 긁어모으는 것도 불가능한 일은 아닐지도 모른다, 라고 우려했기 때문에 유괴범은 금액 인하를 수용하지 않았을 뿐만 아니라 인상 가능성까지 내비친 게 아닐까?

뭐가 '이 남자의 수완이라면'인지… 일단 무리한 요구를 해 놓고 원래 목표 금액을 관철할 속셈일 거라는 카쿠시다테 씨의 가설, 그저 피해자를 곤란하게 만들어 즐기는 유쾌범이 아니겠냐는 내 가설.

그 뒤를 이어 제삼의 가설로 등장한, 범인은 범죄 행위로 돈을 벌려는 것이 아니라 시간을 벌려는 속셈일 거라는 히다루이 경부의 설은, 그래, 뒤를 잇기는커녕 앞서 나아가듯 내 마음에 확 와닿았다.

아아, 그렇다.

가령 범인에게 반드시 10억 엔을 마련해야 하는 이유가 있다고 해도 그것이 2억 엔을 걷어차야 할 이유는 될 수 없을 것이다. 그 시큰둥함은 마치 10억 엔을 손에 넣을 수 없다면 2억 엔

따위는 필요 없다는 느낌이 아니었던가.

10억 엔을 절실히 원하는 사람이라면, 혹은 그저 나를 곤란하게 만드는 유쾌범일지라도 일단 2억 엔이 있다면 먼저 그 2억 엔만이라도 약탈하려고 하지 않을까?

좋든 나쁘든 나는, 그리고 카쿠시다테 씨는 망각 탐정에게서 과도한 가치를 발견하려는 경향이 있는데, 그녀에 대해 객관적인 정도를 넘어 부정적인 의견을 가진 히다루이 경부라면 애당초 10억 엔이라는 요구액이 유괴 사건치고는 지나치게 파격적이라는 점에서 그냥 내버려 둘 수 없는 위화감을 느꼈으리라. 그 지적은 듣고 보니 과연 겸연쩍어진다고 할까, 반론하기 힘든 구석이 있다. 위화감이라면 우리에게도 있었으나 우리는 그것을 제쳐 두고 생각할 수 있었다. 그럼 어떻게 되는 거지?

10억 엔은 교란이고 유쾌범도 아니라면⋯ 유괴범의 목적은 따로 있는 게 될지도 모른다.

솔직히 말해서 별로 생각하고 싶은 가능성은 아니다. 그래서 무의식중에 '유일한 식구'로서는 눈을 돌리고 있었는지도 모른다. 10억 엔을 준비하라는 것은 너무도 심한 억지이지만 그래도 유괴범의 목적이 영리에 있다면 타협을 볼 여지는 있다. 인신매매와도 비슷한 이야기가 되어 버리므로 논리적으로는 좀 그런 것 같지만, 원래 돈이란 그런 식으로 쓰이는 것이다. 돈으로 어떻게든 되는 일이라면 돈으로 어떻게든 하면 된다.

적어도 흉악범에게 굴복하고 싶지 않으니 돈은 주지 않겠다는 강경한 자세를 나는 나타낼 수 없다. 그런데 범인의 목적이 돈이 아니라면 사태는 꽤 복잡해진다.

그 경우 필연적인 소거법으로 쿄코 씨 자체가 목적인 셈이 되기 때문이다. 영리를 목적으로 하는 유괴는 성공률이 매우 낮다. 몸값이 오갈 때의 리스크가 높기 때문에. 그런데 범인이 그 몸값을 딱히 원하지 않는다면 그 부분의 위험성이 전부 제거되어 버리지 않는가.

쿄코 씨를 끌고 간 시점에서 범죄가 완결되고 만다. 놀랍게도 이 경우, 그녀는 인질조차 아닌 것이다.

…생각할 수 있는 것은, 복수인가?

망각 탐정 특유의 빠른 속도로 하루라는 단기간에 잇따라 사건을 해결해 온 쿄코 씨는 그 젊음으로는 짐작도 할 수 없을 만큼 방대한 숫자의 사건을 해결해 왔다. 건수가 많아지면 그에 비례하여 변수도 생기기 쉽고 사건을 해결한 탐정에게 원한을 품은 범인도 나타나게 마련이리라.

물론 쿄코 씨 쪽은 해결하고 나면 범인뿐만 아니라 사건의 내용까지 잊지만 원래 '때린 사람은 잊어도 맞은 사람은 못 잊는' 법이다. 경영자인 쿄코 씨는 이곳저곳에 명함을 뿌리고 다니므로 원한을 품은 자에게 있어서는 복수하기 쉬운 상대라고도 할 수 있다.

두말할 필요도 없이 그 때문에도 쿄코 씨는 이런 요새 같은 빌딩에 살고 있는 것이며 나라는 경비원도 두고 있다. 그처럼 평소 경계를 게을리하지 않는다고 해도 암살을 완벽하게 막는 건 힘들다는 말이 있듯이 유괴 역시 그런다고 해서 아주 막을 수 있다는 보장은 없다.

그 경우에는 유괴가 아니라 납치라고 해야 하나?

사전적 정의에 따르면 폭력을 쓰지 않고 끌고 가는 경우에는 유괴이고, 폭력이 동반되는 경우에는 납치인 모양인데… 어느 쪽이든 간에 몸값을 낼 때까지는 쿄코 씨의 무사함이 확보될 거라는 희망적 관측이 덧없이 사라지게 된다.

무사하기는커녕 목숨마저 위태롭다.

혹은 복수와 전혀 다른 케이스의 동기도 생각할 수 있다. 다르다고 할까 반대라고 할까, 그렇다, 카쿠시다테 씨가 범인이라고 가정하면 알기 쉽다.

열렬한 팬의 그 열렬함이 지나쳐서 범행에 이른다는 케이스이다. 애정에서 비롯된 유괴. 상주하여 일하다 보니 그 부분이 왠지 모르게 익숙해져 버린 구석도 있지만, 탐정임을 차치하더라도 쿄코 씨는 멋스럽고 남의 시선을 끄는 타입이므로, 그런 그녀를 자신의 것으로 만들고자 무력을 행사한 망나니가 범인일 가능성은 아예 맨 처음 생각해도 좋았을 정도이다.

뭐, 다행이라고 할까 불행 중 다행이라고 할까, 카쿠시다테 씨는 현재 경찰서에 잡혀 있다는 철벽같은 알리바이가 있으니 이 건과 관련하여 그가 누명을 쓸 일은 없는 셈인데….

[이런 말을 해도 오야기리 씨에게 위로가 될지 어떨지는 모르겠지만, 유괴범에게는 더 확고한 목적이 있지 않을까요? 뿌리 깊은 복수심이나 일그러진 호의가 범행의 바탕에 있다면 몸값을 요구하는 일은 없었을 것 같기도 하거든요.]

히다루이 경부는 신중히 표현을 골라 가면서 말했다. 이러니저러니 해도 내게 마음을 써 주는 거겠지만 그 때문에 조금 진의를 파악하기가 힘들다. 요령이 없는 사람이다.

[즉, 10억 엔을 요구한 것이 시간을 벌기 위한 교란이라면 범인은 최종적으로 쿄코 씨를 풀어 줄 마음이 있다고 볼 수 있기 때문입니다. 통보를 늦추어 사건화를 막고 어디선가 범죄를 끝맺을 준비가 되어 있는 것이죠.]

과연 어떨까, 그것은 위로라기보다 희망적 관측 같기도 한데… 하지만 반 쿄코 씨파인 히다루이 경부가 그렇게 말하니 그런대로 설득력이 있다.

리셋되는 것은 어디까지나 쿄코 씨의 기억뿐이다. 행방불명으로부터 시간이 경과하면 경과할수록 내가 몸값 마련을 포기하고 신고할 위험성은 높아지고, 하루 이틀이라면 모를까, 행방불명 기간이 일주일이나 2주일을 넘으면 역시 경찰도 움직이기 시작한다.

그렇게 되면 유괴범이 도주에 성공할 수 있을지 어떨지 의문이다. 혹시 바로는 붙잡히지 않는다고 해도 까딱 잘못하면 평생 도망다녀야 한다.

그래도 좋다, 그런 건 이미 각오했다. 라고 한다면 시간 벌기 같은 괜한 짓을 할 리 없다고 보는 것은 하나의 견해이다.

오히려 그 후의 도피 생활을 고려하면 협박 전화를 걸거나 해서 피해자 가족(이 경우에는 나)과 접점을 갖는 일을 피하려고 하지 않을까. 한 번도 아니고 두 번이나 걸려 온 협박 전화.

위안은 되었다.

몸값이 목적인 케이스와 마찬가지로 복수심이나 호의에 의한 유괴일 가능성도 당연히 이대로 쭉 검토해야 하지만, 만일 그것들과는 다른 동기가 범인에게 있다면 대체 어떤 동기일까?

[원한을 산 사람이 오야기리 씨일 가능성도 당연히 상정할 수 있습니다.]

라는 히다루이 경부.

그게 뭐가 당연한가. 내가 어떤 원한을 사면 상사가 유괴라는 아픔을 겪는단 말인가.

[제 생각에 범인이 노린 것은 쿄코 씨라기보다 쿄코 씨의 **탐정력**이 아닐까 싶습니다. 실제로는 망각 탐정의 '망각' 부분이 아니라 '탐정' 부분에 중점을 둔 게 아닐지.]

비록 유괴하더라도 유괴된 장본인이 그 기억을 잊기에 사건화

되지 않는다. 그래서 쿄코 씨가 타깃이 되었다고 생각하는 것이 '망각' 중시라면, 그 점을 중시했기에 범죄 수사의 프로인 명탐정을 유괴한다는 리스크에는 눈을 감았다고 생각하는 게 보통이다. 그런데 꼬인 사람을 자처하는 히다루이 경부는 그에 대하여 나에겐 없는 발상을 내놓았다.

탐정'인데' 유괴된 것이 아니라.

탐정'이라서' 유괴되었다?

코페르니쿠스적 전환이라고 하면 너무 거창하지만, 바로 조금 전까지 몸값에만 정신이 팔려 있었던 내게는 상당히 큰 반전이다. 그 의미까지 이해한 것은 아니지만 어쩐지 정답 같은 뉘앙스가 있다.

애매한 감각이지만… 적어도 나는 가장 빠른 탐정의 두뇌에서 10억 엔 이상의 가치를 발견하는 자가 있다고 해도 그 부분에는 의문을 제기할 생각이 없다.

복수심 때문도, 하물며 호의 때문도 아니라 유괴범은 명탐정을 '이용'하기 위해 끌고 간 게 아닐까? 그것도 평범하게 클라이언트로서 정당한 루트로 의뢰한다면 아마도 쿄코 씨의 협력을 얻지 못할 일에 '이용'하기 위해….

왠지 모르게 슬슬 실마리가 보이는… 것 같다.

쿄코 씨를 유괴하여 강제로 범죄 행위에 가담시키는 것이 유괴범의 목적이라면 지금 당장 폭력을 휘두르지는 않으려나… 밑조사에 정말로 공을 들였다면 범인은 그 명탐정이 엄청난 기분파이며, 주위에서 치켜세워 주지 않으면 당최 제대로 일하지 않는다는 사실도 알고 있을 것이다.

그 사람은 돈의 노예이며 자신의 주인에게 절대적인 충성을 맹세했기 때문에 결코 범죄자의 노예는 될 수 없다. 적어도 좋은 노예는 될 수 없다.

정중히 대접받고 있을 거라고는 역시 생각할 수 없으나 목에 칼이 들어와서 억지로 능력을 발휘하고 있진 않으리라. 그 점에 있어서 범인의 이성과 지성에 기대할 수밖에 없다는 것이 한심하지만, 패션도 재산도 아닌 쿄코 씨의 알맹이에 범인의 목적이 있는 이상 그녀가 갑자기 잡아먹히는 일은 없으리라.

[저는 반 쿄코 씨파이기는 하지만 오야기리 씨, 분명 당신에게는 빚이 있습니다. **망은**忘恩 **탐정**과 달리 그 은혜를 잊진 않습니다. 그런 입장에서 말씀드리자면, 지금 제가 전문 부서로 연결해 준다고 해도 수사는 이루어지지 않을뿐더러 당신의 움직임도 봉쇄될 겁니다. '괜한 짓 말아라'라는 것… 범인의 목적은 거기에 있지 않을까요.]

그 가설은 무척 신빙성이 높다.. 하지만 이렇듯 알아 버린 이상 히다루이 경부는 보고서를 제출해야 하지 않을까?

[저란 놈은 불량 경찰이니까요. 관할 밖이라면 모르는 척하기로 하죠.]

그래도 되나… 아니, 지금은 순순히 감사해야 할 국면이다. 쿄코 씨와의 갈등을 무시하고 (아니면 갈등 때문인가) 히다루이 경부가 조직을 떠나 조언해 주었다면 고마워는 해도 유보해서는 안 된다. 적어도 해야 할 일을 다 할 때까지는 관망 모드에 들어가선 안 된다. 예상 밖의 전개이긴 하나 지금까지와는 또 다른 관점도 도입할 수 있었으니까.

그렇지만… 가장 중요한 점을 아직 모른다.

예전에 쿄코 씨를 이용하여 놀랍게도 에펠탑을 훔치려고 한 어이없는 괴도가 있었는데… 이번 유괴범은 손아귀에 넣은 명탐정에게 과연 무엇을 시킬 작정일까?

10억 엔은 아닐지라도 최소한 2억 엔 이상의 자산 가치가 있는 무언가를 유괴범은 원하고 있다. 나 따위는 거들떠보지도 않고 도리어 협박 전화가 장난 전화로 신고되기를 바라고 있기라도 한 듯한, 속내를 알 수 없는 계략 뒤에 숨겨진 음모는 대체 무엇일까?

3

아무래도 본격적으로 잠에 빠진 모양인데 이 낌새라면 쿄코 씨는 내일 아침까지 깰 것 같지가 않다. 나 원 참, 시뮬레이션대로는 되지 않는다.

아니면 혹시 쿄코 씨는 단순히 안락의자의 편안함에 취한 것이 아니라 내 의도를 알아차리고 고의로 기억 리셋에 들어간 것이 아닐까?

나는 스스로도 어이없을 만큼 겸허한 인간이기에 자신을 연기파 범죄자라고는 생각하지 않지만 그래도 눈에 띄는 실언은 하지 않았을 것이다. 그렇지만 망각 탐정의 관찰안을 얕잡아 봤을지도 모른다.

눈은 가리지 않더라도 안경은 빼앗아 두었어야 했나?

발언이 아니라 행동을 통해 내 목적이 몸값이 아니라는 것을 들켰을 가능성은 돌이켜 생각해 보면 아주 높다. 의외로 자신의 값어치가 10억 엔이라는 것은 너무 낮다는 감상이 논거가 되었을지도 모르지만, 과연 그런 대화에서 내 유괴범으로서의 최종 목적이 돈이 아니라는 사실을 판단해 낼 수 있을까?

이처럼 곤히 잠든 모습을 봐서는 전혀 그래 보이지 않지만, 내 리서치에 따르면 이 사람은 상당한 책략가이다.

오히려 결정적으로 의혹의 근거가 된 것은 내가 심심풀이인 척 식사 제공을 약속하면서 제시한 게임 쪽이려나. 그 시점에서, 다소 조급한 감도 있던 이야기의 흐름상 그녀는 뭔가 있음을 간파한 듯한데, 그렇다 해도 쿄코 씨가 망각 탐정인 이상 일의 진상에 다다를 수 있을 리가 없는데.

식사가 아니라 옷을 요구한 것은 이미 그 시점에서 반신반의

하고 있었다는 증거라고 생각한다. 실제로 본격적으로 의심한 시점은 그녀 자신의 무릎 위에 놓인 세 장의 '문제지'를 본 뒤일까.

무심결에, 또는 뻔뻔스럽게 잠들어 버리는 것으로 쿄코 씨가 리셋하려 한 것은 그곳에 적힌 '수수께끼 문제'를 읽고서 **찾아 버린 답**이라고 봐야 하나. 제로 상태로 되돌려야 할 이유를 자신의 특기인 망라 추리로, 아무런 증거도 없는데 이끌어 냈단 말인가?

그렇다면 게임을 빙자하여 떠보듯 접근하는 것은 이제 관두는 편이 좋을지도 모른다. 그렇게 생각하면서 나는 쿄코 씨의 무릎 위에서 회수한 '문제지'로 시선을 떨구었다.

세 장의 '문제지'. 그 제목은 각각 이렇다.

'사라시나更級 연구소 에미이笑# 연구실의 기밀 데이터 도난 사건'

'아틀리에장 사건'

'무직 남성(37) 토막 살인 사건'

그녀는 예리하게 꿰뚫어 본 걸까.

이 퀴즈들이 망각 탐정의 사건부에서 발췌한 수수께끼라는 것을. 그녀가 해결했으며 이제는 완전히 잊어버린 사건이라는 것을.

만일 식사의 유혹에, 혹은 옷의 유혹에 넘어간 쿄코 씨가 게임에 참전하여 단순한 놀이의 일환으로서 이 퀴즈들의 '해답'을 도출했다면 그녀는 오키테가미 탐정 사무소가 내건 '비밀 유지 절대 엄수'라는 룰을 깨뜨리는 셈이었다. 동물적인 본능으로, 아니면 명탐정의 직감으로 그런 있을 수 없는 사태를 모면했다는 건가?

그렇다면, 이것이 몇 번째 감탄인지 벌써 모르겠지만… 제법인데, 쿄코 씨.

그런데 예상대로의 결과는 아니라고 해도 그것은 나로서도 바라는 바다. 내가 알고 싶었던 것은 이 세 사건의 진상 그 자체가 아니다(세 번째 사건인 '무직 남성(37) 토막 살인 사건'은 특히 세간을 떠들썩하게 만든 흉악 범죄이므로 그 진상을 전혀 알고 싶지 않다고 한다면 거짓말이 된다. 나도 남들만큼은 호기심 많은 성격이다).

어디까지나 테스트였다.

예전에 담당하고 수사하고 해결했던 사건을 완전히 잊은 상태에서 마주했을 때, 과연 쿄코 씨는 똑같은 답을 도출할 수 있을지 어떨지… 그 재현성을 알아보기 위한 테스트였다.

느닷없이 실전에 임할 만큼 나도 대담하지는 않다. 이건 비밀인데, 쿄코 씨를 유괴하기 전에도 우선 사전에 일반 여성으로 몇 번인가 연습을 거듭했을 정도이다. 물론 사건화되지 않을 정도의 연습이었다. 흉악범은 될 수 없다.

사실상 게임 요소 따위는 손톱만큼도 없었던 재현성 테스트의 결과 그 자체는 그리 성공적이라고 할 수 없으나, 그래도 사태를 파악한 쿄코 씨가 기억 리셋을 택했다는 것은 내가 없는 동안 그녀가 '문제지'를 모조리 풀었다는 증거…인지 어떤지는 둘째 치고 시도 자체는 유효한 접근이지 않았을까?

유효했기 때문에 망각 탐정은 제로 상태로 의식을 되돌릴 필요가 있었다. 편히 잠든 척하며 내 존재와 함께 기억을 리셋할 필요성에 내몰렸다.

그야말로 게임하듯 기억을 리셋하는 탐정이로군… 그렇다면 게임을 가장하여 마치 추리소설을 읽듯이 과거의 수수께끼 풀이를 재현하게 한다는 방법은 바꿀 수밖에 없다고 해도, 이 방향성은 틀린 게 아니다.

나는 올바른 길을 걷고 있다.

2억 엔이든 10억 엔이든 솔직히 말해서 별것 아니다. 지금까지 쓴 필요 경비나 선행 투자도 뭐가 대수겠는가.

돈이 아니다. 내가 원하는 것은 정보이다. 오키테가미 쿄코에게서 저금이 아닌 정보를 끌어낼 것이다.

정보는 무기이고, 정보는 먹이이다.

꼼꼼한 밑조사가 탐정을 유괴하는 일마저 가능하게 했듯.

망각 탐정이 그 커리어를 쌓으면서 지금까지 속속 잊어 온 갖가지 크고 작은 범죄 안건에 얽힌 방대한 기밀 정보. 리셋된 데이터를 복원하고 독점하는 일에 성공한다면 그때 내가 얻을 수 있는 이익은 천문학적인 숫자에 달할 것이 틀림없다.

오키테가미 쿄코의

색견본

제 4 화

물색 수색

1

항간에서 흔히 말하듯 시간은 만인에게 평등하게 흐른다. 망각 탐정에게나 유괴범에게나 망각 탐정이 고용한 경비원에게나 하루는 똑같은 하루이다. 누군가의 하루가 24시간인데 누군가의 하루는 30시간이고 누군가의 하루는 20시간일 수는 없다.

그런데 한편으로 시간은 매우 상대적인 것이기도 하다. 망각 탐정의 하루와 유괴범의 하루와 망각 탐정이 고용한 경비원의 하루는 결코 똑같은 하루가 아니다.

하지만 그래도 나는 지금 망각 탐정의 스타일을 답습해야만 한다. 말하자면 하루를 평생처럼 살고 하루를 평생처럼 생각해야만 한다. 가증스러운(이라고 해도 좋으리라) 유괴범보다 유리한 점이 있다면 유일하게 그것뿐이다.

백 퍼센트 단정할 수는 없지만 10억 엔이라는 참으로 깔끔하게 떨어지는 액수의 몸값은 각소各所를 향한 시간 벌기일 거라는 설은 어느 정도 신빙성이 있다고 생각한다. 그 말은 즉 바꿔 말하면 현시점에서 범인에게는 **벌고 싶은 시간이 있다**는 의미이다. 무엇을 위해 시간을 벌려고 하는지는 알 수 없다. 아마도 여러 이유가 있겠지 싶다. 거기까지 추리할 수 있을 만큼 내 두뇌는 탐정적이지 않다.

다만, 이때 중요한 것은 지금쯤 유괴범은 내가 몸값을 마련하러 다니는 중이라고 굳게 믿고 있으리라는 것이다. 아니면 경찰에 도움을 구했다가 무시당하여 큰 곤란에 처했다고 굳게 믿고 있을 터.

히다루이 경부 같은 아웃사이더 불량 경찰의 존재에 대해서는 설령 밑조사가 이루어졌다고 해도 그의 속마음(넘쳐 나는 쿄코 씨에 대한 적개심)까지는 쉽사리 파악할 수 있는 게 아닐 것이다.

즉, 이 공중에 뜬 시간을 어떻게 쓰는지가 관건이다.

다음으로 몸값 요구(를 빙자한 정탐?)에 관한 협박 전화가 오기를 기다리는 동안… 내가 허둥대고만 있으리라고 범인이 믿는 동안, 무엇을 할 것인가.

하룻밤을 유효하게 써야 한다. 1분도 낭비하지 말고.

돈은 이제 더 이상 찾을 필요가 없다. 2억 엔도 너무 많을 정도이다. 어쩌면 오키테가미 빌딩 안에는 아직도 금은보화가 숨겨져 있을지도 모르지만 이 이상 그것을 찾기보다, 찾아야 하는 것은 따로 있다. 무엇인지는 몰라도 여하튼 무언가이다.

단서, 같은 것이다.

나는 탐정이 아니고 수사관도 아니지만 나만이 아는 것도 있다. 쿄코 씨와 같은 직장에서 일하는 나만이 아는 것은 있다.

처음 협박 전화를 받았을 때는 더없이 당황했지만 아무래도 열두 시간 이상 경과하자 싫어도 마음이 차분해진다. …'망각 탐정을 유괴한다'.

이것은 가능한 일인가?

하루마다 기억이 리셋되는 쿄코 씨이기 때문에야말로 태평한 것처럼 보여도 경계심이 강하다. 길고양이 정도가 아니라 야생 고양이 같은 구석이 있다. 사근사근한 미소를 띠고 있지만, 어느 정도 이상 가까이 다가가면 훌쩍 몸을 피해서 어디론가 가 버린다.

카쿠시다테 씨는 그 '습성'에 보기 좋게 놀아나는 측면이 있다. 적당히 휘둘리고 있다. 그런 쿄코 씨를 범인은 대체 어떻게 끌고 간 것일까?

꼼꼼한 밑조사. 있었으리라.

쿄코 씨의 행동 패턴을 데이터베이스화하여 통계학적으로 분석하고 가장 알맞은 타이밍에 범죄를 결행했다. 그렇다면 어째서 오늘(날짜상으로는 이제 곧 어제가 될 듯하다)이 범행에 알맞은 날이었을까?

쉬는 날이었다. 그럴 수 있으리라.

일할 때는 쿄코 씨 옆에 경찰이 있을 가능성이 높다. 혹은 클라이언트라든지, 더 나아가 다른 사건의 범인이 있을 가능성마저 있다. 범인 간의 세력권 다툼 같은 것이 있는지 어떤지는 견문이 좁아 모르지만, 아무리 분석해도 업무일에 탐정의 신병을 노리는 것은 어리석다.

하지만 그렇다고 해서 쉬는 날을 노리는 것이 적절한가 하면 꼭 그렇지만도 않다. 휴일에도 쿄코 씨의 긴장이 느슨해지는 일은 없다. 하루마다 기억이 리셋되는 체질은 휴일과 상관이 없다.

오히려 휴일은 자기 방어에만 집중할 수 있는 날이라고 볼 수도 있으리라.

따라서 악의를 갖고 다가오는 범인에게 어이없이 속아 넘어가는 일은 그다지 없다. 그 사실은 범인도 알고 있었을 터.

그런데도 오늘이 특별했던 이유는 뭘까?

입고 있던 옷인가. 같은 옷을 두 번은 입지 않는 쿄코 씨. 파자마조차 매일 바꿔 입는 놀라운 집념.

아닌 게 아니라 그것은 '하루마다 기억이 리셋되는 것'과 함께 망각 탐정의 또 다른 특징적인 특징이기는 하나, 같은 옷을 입은 적이 없는 이상 그것은 데이터베이스화할 길이 없다. 그저 괜히 데이터만 늘어날 뿐, 넓게 확장되어 쌓이는 일은 없다. 스커트인 날이면 기분이 좋다든지 하이힐이면 친해지기 쉽다든지 하는 오늘의 운세 같은 기준조차 마련할 수 없으리라. 너무나도 변화무쌍하다.

그렇게 되면 경향을 읽을 수 없다.

그러므로 범인은 그 점을 기준으로 삼진 않았을 것이다. 주목할 만한 부분이 그 밖에도 있는 이상. 같은 옷을 두 번 입은 모습을 아무도 본 적이 없다고 일컬어지는 쿄코 씨이지만, 그 밖에도 행동에는 패턴이 있다.

일례로 내가 이 혹독한 직장에 취직하기 이전에 근무했던 미술관이 있다. 그녀는 몇 번이고 그곳을 찾아 같은 그림에 감명을 받았다.

그런 잦은 방문이 사건으로 발전한 것은 이제 뭐라 형언할 수 없는 추억이지만 (쿄코 씨는 잊었다) 반복해서 미술관을 찾는 쿄코 씨의 행동 패턴을 알면 미술관 옆에서 기다릴 수도… 있으려나? 뭐, 따지고 보면 망각 탐정뿐만 아니라 누구든 보통 그런 식으로 유괴될 것이다. 같은 그림을 감상하기 위해 계속 미술관을 찾는 행위를 사전에 알 수 있었다면.

하지만 **그 그림**은 이제 존재하지 않는다.

그렇더라도… 쿄코 씨가 반복하는 패턴이라면 그 밖에도 있다. 어떤 의미에서는 패션 이외에 모든 것을 반복하고 있다고도 할 수 있다. 하긴, 그것은 망각 탐정이 아니어도 모든 사람이 똑같다고 할 수 있는데, 그중에서도 쿄코 씨에게서 두드러지는 점… 옆에서 봤을 때 알기 쉬운 망각 탐정다운 점이라면.

그녀는 같은 책을 여러 번 반복해서 읽는다.

2

침실에 들어가지 말라는 강력한 경고가 있었으나 여차하면 그 룰은 깨야만 할 것이다. 말하자면 이것은 그 일보 직전의 프라이버시 침해이다.

나는 쿄코 씨의 서고를 살펴보기로 했다.

오늘 아침, 날짜로 보면 이미 어제 아침, 빌딩에서 밖으로 나갈 때 쿄코 씨는 문고본을 손에 들고 있었을 것이다. 핸드백 안에 넣으려고도 않고 읽으면서 나가려고 하기에 주의를 준 터라 똑똑히 기억난다. 그런데 충심에서 우러나온 그 말에 대한 쿄코 씨의 대답은,

"되게 이래라저래라 하네. 당신이 제 부모인가요?"

였다. 아침에는 기분이 별로인 날이 많다. 저혈압이라서가 아니라 단지 일어난 직후에는 나라는 직원과 '초면'이므로 하루 중에서도 가장 경계심이 강하기 때문이다.

'당신이 제 부모인가요'라는 말에 '부모親가 아니라 오야기리 親切입니다*'라고 받아치는 데까지가 일련의 흐름으로, 그 또한 패턴이다. 그 패턴은 뭐, 아무래도 좋다. 그저 식구 간의 대화이다. 유일한 식구.

신경 쓰이는 부분은 오늘 아침 쿄코 씨가 가지고 나간 책의 제목이 무엇이었는가 하는 점이다. 역시 거기까지는 기억나지 않

※부모를 뜻하는 한자 親은 일본어로 '오야'이다. 오야기리의 '오야'와 같은 한자.

는다. 쿄코 씨가 무엇을 읽고 있는지가 경호상 중요해질 거라고
는 생각한 적이 없다. 그렇지만 쿄코 씨를 유괴하는 데 있어 독
서 취향은 의외로 중요했을지도 모른다.

'아, 그 책 나도 좋아해. 잠깐 얘기 좀 하지 않을래? 실은 우리
집에 그 소설의 초판본이 있거든' 아니면 '실은 나 그 책의 저자
인데'··· 이런 느낌이려나? 멘트를 떠올려 보니 별로 성공할 것
같지도 않은 헌팅이고 진부한 정도도 못 되지만, 뜻밖에 이 방
법은 틀리지 않은 것 같다.

성공률을 고려하면 패션 센스를 칭찬하며 접근하는 편이 더
적절하겠지만 코디를 예측할 수 없는 이상 그 화제로 접근하기
란 불가능하다(원래부터 범인이 센스 넘치는 인물일 케이스는
제외하고. 즉, 지금으로서 가장 유력한 용의자는 일류 패션 디
자이너인 셈이다).

그나저나 나는 중증의 쿄코 씨 마니아(카쿠시다테 씨)와 달리
그녀의 장서를 모두 파악하고 있는 게 아니다. 오히려 평소 서
고에는 가까이 가지 않으려고 한다. 왜냐하면 쿄코 씨가 싫어하
니까.

침실과 달리 입 밖에 내어 경고한 적은 없지만 어쩐지 책 순서
를 건드리는 것이 싫은 모양이다.

강박적일 만큼 장르별, 판형별, 작가 이름순, 출판 연도순으
로 딱 수납되어 있는 책장. 마치 서점이나 도서관 같은데, 이 부

분은 쿄코 씨의 성격이 잘 드러난다고도 할 수 있다.

아니, 아예 자료실 같다.

그렇지만 망각 탐정에 한해 자료라는 것은 없다. 비밀 유지 절대 엄수의 룰을 준수하고 있기 때문이기도 하지만, 쿄코 씨는 탐정 활동에 있어 낡은 자료는 무의미하다고 생각하는 측면이 있다.

그러므로 서고에 있는 것은 어디까지나 쿄코 씨의 취향을 바탕으로 한 서적뿐이다. 탐정 취향의 추리소설이 대부분이다. 그 밖에는 뭐 요리책이라든지 사전이라든지 자기개발서(?!)라든지… '소설 쓰는 법' 같은 책도 있었다. 소설을 쓸 셈인가?

예상했던 대로 내 출입을 금할 것도 없이 이 서고 관리에 내가 손을 댈 여지는 없을 듯하지만 (서고가 이 정도이니 워크인 클로젯 안은 추측이 가고도 남는다) 이토록 딱 정리 정돈된 책장에 손을 댈 여지는 없더라도 생각할 여지는 있었다.

여지라기보다 빈틈이다.

즉, 탐정으로서의 주의력이 부족한 나는 (탐정이 아닌걸) 쿄코 씨가 가지고 나간 문고본의 제목을 잊어버렸지만, 진열된 책 사이에 생긴 빈틈을 발견할 수 있다면 망각한 그 제목을 추측하는 일도 불가능하지는 않을 터… 그렇게 생각한 것이다.

구멍 메우기가 아니라 빈틈 메우기.

코난 도일 칸에 빈틈이 있는데 그것이 『주홍색 연구』와 『마지막 인사』 사이에 있는 빈틈이라면 쿄코 씨가 갖고 나간 책은 『셜록 홈스의 모험』이라고 미루어 짐작할 수 있는 것이다. 전권 다 있음을 전제로 한, 지푸라기라도 잡는 듯한 못 미더운 소거법이지만.

다행히 짚이는 책은 있었다.

모든 책장을 샅샅이 확인하지 않더라도 '아마 이거겠지' 하는 정도의 경향은 나도 읽을 수 있다. 책인 만큼.

필시 스나가 히루베에의 작품이리라.

같은 책을 몇 번이고 '처음 읽을' 수 있는 망각 탐정인 쿄코 씨지만, 그런 그녀가 혹시 망각 탐정이 아니라고 해도 거듭 '다시 읽을' 작가 중 하나가 일본이 자랑하는 추리 작가 스나가 히루베에다. 만약 범인이 쿄코 씨 유괴를 꾀하기에 앞서 그녀를 계속 관찰했다면.

'저 책을 반복해서 읽는구나', '그 경향을 무언가에 이용할 수 있을지도 모른다' 하고 번뜩인 서적이 있다면 그것은 스나가 히루베에의 작품일 개연성이 상당히 높다. 억지스러운 논지인가? 하지만 억지를 부리지 않으면 추리 같은 건 할 수 없다.

그런 이유로 나는 우선 서고 안의 스나가 히루베에 코너부터 살피기 시작했다. 참으로 맥 빠지게도 빈틈은 바로 발견되었다. 하도 맥 빠져서 오히려 불안해졌을 정도이지만 그래도 지금은 맥이 빠져야 하는 국면이리라. 이만큼 노골적으로 뚜렷한 경향이 아니면 유괴범도 범죄 계획의 축으로는 삼을 수 없으리라.

　예정대로 그 빈틈의 양옆 제목을 확인.

　『무단 범죄』·공간·『황록 소년』.

　저자 코너 안은 시리즈별이 아니라 순수하게 출간 연도를 바탕으로 꽂힌 모양이니 이 두 권 사이에 출간된 책의 제목을 알아보면 된다. 이 자리에 존재하지 않는 책의 제목을 어떻게 알아내는가? 다행히도 현대 사회에는 인터넷이라는 고도로 발달한 과학기술이 있다.

　서고에서 자리를 옮겨 사무실에 비치된 노트북으로 검색하기로 했다. 구시대를 사는 쿄코 씨이지만 의외로 오키테가미 빌딩 안에도 인터넷 환경은 정비되어 있다. 그도 그럴 것이 최소한의 '현대 상식'을 수집하지 않으면 일을 할 수 없으리라. 잠에서 깨어난 직후에는 문외한이어도 날이 저물 즈음에는 나보다 능숙하게 IT 기술을 구사할 정도이다.

　스마트폰 역시 갖고 있다. 가지고 나가지 않을 뿐.

　오히려 내 쪽이 스마트폰을 갖고 있지 않으니 참 아이러니한 일이다. 나는 기밀 정보를 다루는 부서의 사람처럼 카메라가 달리지 않은 피처폰을 사용한다.

　검색한 결과, 알고 싶었던 제목은 바로 밝혀졌다. 『무사안일한 나』이다. 『은퇴 경부』 시리즈 제3탄인 모양이다.

　제3탄….

그렇다고 해도 감이 안 오는데… 내가 읽은 스나가 히루베에
와는 또 다른 노선의 스나가 히루베에인 것 같은데 하드보일드
계 시리즈로 추정된다. 하드보일드라… 별로 익숙하지 않은 장
르군.

나는 탄식했다.

읽어 볼 수밖에 없나.

3

생각해 보면 빈틈을 하나 발견했을 뿐인데 그 단서에 달려든
것은 섣부른 행동이라고 할 수밖에 없었다. 서고의 다른 책장도
구석구석 꼼꼼히 확인해서 그 밖에도 빈틈이 있는지 어떤지 남
김없이 살펴보지 않으면 쿄코 씨가 가지고 나간 책이 틀림없이
『무사안일한 나』라고 단정 지을 수 없었을 것이다. 아니면『무
사안일한 나』는 그저 베드 사이드 스토리로서 쿄코 씨가 침실에
갖다 놓은 책일지도 모르지 않는가. 전혀 소거법이 성립되지 않
는다.

그러나 시간은 만인에게 평등하게 흐른다. 혹시 그 약간의 빈
틈에 얄팍한 책이 꽂혀 있었던 건 아닐까, 하는 얄팍한 가능성
까지 망라할 수 있는 사람은 가장 빠른 탐정 정도밖에 없다.

게다가『무사안일한 나』(생각해 보면 의미심장한 제목이다)를

읽어 보고 나는 자신이 나아가고 있는 길이 틀리지는 않았음을 확신했다. 이런 확신은 빗나갈 때도 많지만 지금은 직감에 기댈 수밖에 없는 부분도 있다.

탐정의 직감, 형사의 직감이 있다면 경비원의 직감도 날카로워야 할 것이다. 그런데 혹시 의아하게 여기는, 탐정이 적성에 맞는 분들도 계실지 모르므로 미리 말해 두자면 '사라진 책'을 '읽어 볼 수밖에 없다'라는 역설적인 시추에이션을 해결해 준 것은 역시 고도로 발달한 과학기술이었다.

전자책이다.

밤중에 문을 여는 서점이 생각나지 않았고, 있다고 해도 대형 체인점이 아닌 이상 재고 상황을 알 수가 없다. 스나가 히루베에는 베테랑 작가로, 저서가 무려 백 권이나 된다고 하니 약간 옛날 소설인 『무사안일한 나』가 비치되어 있으리라는 보장은 없다. 최악의 경우 품절에다 중판 미정일 가능성도 있다.

그러므로 전자책. 스나가 히루베에는 생전에 고집 있는 옛날식 작가였던 듯 작품의 전자화를 허락하지 않았으나, 그의 사후에 저작권을 상속받은 유족이 즉각 허가한 모양이라 현재 작품의 전자화가 착착 이루어지고 있는데, 『은퇴 경부』 시리즈도 그 범주에 포함되어 있었다.

어쩐지 프란츠 카프카를 방불케 하는 에피소드이지만 뭐, '내가 죽고 나면 작품은 모두 폐기해 달라'라고 친구에게 부탁했을 때 카프카의 심정이 '무슨 뜻인지 알지?'가 아니었다는 보장도 없으므로 이 부분에 대해 깊이 생각하는 것은 관두자. 지금 중요한 것은 빌딩에 있으면서 이런 오밤중에 전자책판『무사안일한 나』를 구입할 수 있었다는 점이다.

구입에는 쿄코 씨가 놓아둔 스마트폰을 썼다. 그 작업이라면 프라이버시를 침해할 걱정이 없었다. 그녀의 스마트폰에는 개인 정보 같은 것이 일절 들어 있지 않다. 지문 등록조차 되어 있지 않다. 심지어 애플리케이션 구입은 내가 대신 했을 정도이다. 따라서 전자책을 구입하기까지의 장벽은 낮았다.

전자서점에서는 시기에 따라 포인트가 붙거나 세일이 이루어지거나 하는데 딱히 가격은 비교하지 않고 제일 먼저 눈에 띈 서점에서 구입했다. 그도 그럴 것이 오늘 밤 나는 2억 엔의 자산을 가진 대부호이니까.

그리하여 책을 다 읽었다. 전자책은 두께를 딱 봐서는 알 수 없으므로 혹시 이 책이 원고지 7천 5백 장의 대작이면 어쩌나 조마조마하면서 읽었으나(빈틈의 폭으로 보아 그럴 리 없을 거라고 믿으면서), 대충 흘려 읽기도 하여 그럭저럭 약 세 시간 만에 읽을 수 있었다.

앞서 말했듯이 성과는 있었다. 아니, 원래는 소설을 읽은 이상 소설 그 자체에 대한 감상도 말해야 할지 모르지만 유감스럽게도 시리즈 작품을 중간부터 읽은 터라 하드보일드의 재미에 눈을 뜰 수는 없었다. 흘려 읽기는 죄악이다.

그건 그렇고 중요한 것은 자동차이다.

시리즈를 중간부터 읽은 나라도 주인공 『은퇴 경부』의 심벌이 그가 타고 다니는 클래식 카임은 알 수 있었다. 솔직히 말해 스나가 히루베에는 사건이나 수수께끼보다 그 옛날 차의 매력을 묘사하고 싶었던 게 아닐까 싶다. 실제로 표지에도 그 차의 사진이 사용되었을 정도이다. 혹시 PPL인가?

어쨌든 간에 하드보일드의 매력에는 눈을 뜨지 못했지만 나는 옛날 차의 매력에 눈을 떠 갔다.

그럴 때가 아니지만… 서고를 뒤질 때만 해도 유괴범은 소설 내용을 미끼로 쿄코 씨를 낚은 게 아닐까 하고 얄팍한 예상을 했었는데, 그보다 미끼가 된 것은 이 자동차가 아닐까?

유괴범이 유괴를 꾀할 때 필수로 준비해야 하는 것이 무엇인가 하는 악랄한 상상력을 발휘해 보니, 로프니 수갑이니 눈가리개니 복면이니, 뭐 그러한 이런저런 작은 도구도 필요하겠지만, 그보다 절대적으로 수요가 높은 것은 자동차라는 생각이 들었다.

헬기로 타깃을 상공에서 낚아채는 난폭한 수단도 있긴 있을지 모르지만… 뭐, 시간이 없을 때 그 가능성은 고려하지 않아도 될 것이다(쿄코 씨라면 고려하리라).

자동차는 최소 단위의 밀실이라고 할 수 있다. 피해자를 가두

고 이동하는 밀실이다. 문제는 피해자를 어떻게 해서 차 안으로
끌어들이는가인데 만약 범인이 이 옛날 차를 이용… 악용했다면
그 점을 멋지게 해결할 수 있다.

일부러 말을 걸 필요도 없이 쿄코 씨 쪽에서 대뜸 다가올지도
모른다. 그런 덫을 놓을 생각이라면 쿄코 씨가 『은퇴 경부』 시리
즈를 읽고 있는 날을 노릴 것이다.

유괴된 날이 오늘(이제는 어제)인 이유가 이로써 분명해졌다
고 할 수 있다. 범인은 쿄코 씨가 『은퇴 경부』 시리즈를 읽는 날
을 노린 것이다. 『무사안일한 나』가 아니더라도 『은퇴 경부』 시
리즈라면 그걸로 족하고, 10억 엔 이상의 무언가가 목적이라면
아주 한가한 소리만도 아니다.

새롭게 읽은 책으로 습득한 말이나 흡수한 지식은 독서 직후
눈에 띄기 쉬운데, 그런 우연은 왠지 반가워지는 법이다. 그 우
연을 운명이라고 믿어 버릴 만큼.

그 들뜬 마음의 틈새를 노렸나.

하물며 쿄코 씨는 뛰어난 관찰안을 가졌다, 달리는 차를 쫓아
갈지도 모른다. 탐정의 탐색 능력을 역으로 이용하는 것이다.

으음, 하고 나도 모르게 신음하고 말았다.

취직한 뒤로 지금까지 쿄코 씨가 지닌 탐정으로서의 솜씨에
감탄만 해 왔는데, 이번에 뜻하지 않게 범인의 사고를 더듬어
보고 그 사람들은 이토록 궁리하여 범행에 이르는구나 싶어 묘

하게 감탄하고 말았다.

그 사고력을 범죄가 아니라 다른 방면에서 발휘하면 좋았을 거라는, 쓸데없는 참견이라는 핀잔을 들을지도 모르는 감상을 품지 않을 수 없다. 칭찬하면 안 되겠지만 참으로 아크로배틱한 수법이다.

그렇지만, 하고 생각한다.

추리소설에서든 실제 사건에서든 마찬가지인데, 수사진의 예상을 역이용하는 타입의 트릭은 그것이 들통났을 때 역으로 범인을 한정시켜 버린다는 난점이 있다. 아무런 고민도 없이 즉흥적으로, 어쩌다 저지르는 그저 그런 범행이 가장 수사하기 어렵다고 언젠가 쿄코 씨는 말했다.

특별한 범인일수록 특정하기 쉽다.

극단적인 예로 '밑조사가 꼼꼼했다'라는 시점에서 범인은 최근 들어 쿄코 씨 근처에서 활동했던 인물이라고 한정할 수 있듯이. 그리고 범행에 옛날 차를 사용했을 거라는 추리가 정곡을 짚은 것이라면.

유괴범은 해당 차를 소유한 오너라고 한정할 수 있는 것이다. 그 차가 드물면 드문 차종일수록 쉽게 한정할 수 있다.

이제 완전히 한밤중이지만, 일단은 협력하기로 약속해 주었던 히다루이 경부에게 연락하면 자동차의 소유주를 특정할 수 있을지도 모른다.

솔직히 그쪽으로는 지식이 없어서 (나는 어엿한 장롱면허이다. 경비회사에 취직할 때 현금 수송차 가드를 염두에 두고 면허증을 취득하기는 했으나 그 기능을 발휘하기 전에 잘리고 말았다) 잘 모르지만, 운전면허증의 교부 권한을 가진 곳은 분명 각 지자체의 공안위원회*였을 것이다.

마이넘버 제도*와 빅 데이터가 보급되기 전에는 운전면허증이야말로 개인 정보 관리의 핵심이었기 때문이다. 범행에 자동차를 사용했다는 추측은 범인이 운전면허증을 소유하고 있다는 전제 위에 성립된다. 유괴라는 큰 죄를 저지르기 전에 무면허 운전으로 잡히면 꼴이 우스워진다.

범인은 머리가 좋다. 적을 얕잡아 봐도 딱히 좋은 일은 없을 듯하니 일단 그렇게 설정한다. 적어도 명탐정에 필적할 정도로는 스스로를 머리가 좋다고 평가하리라.

그런 인물은 나처럼 별로 머리가 좋지 않은 인물을 별로 머리가 좋지 않다고 타당하게 판단하는 경향이 있어서… 10억 엔의 몸값을 요구하면 시키는 대로 그에 따라 돈을 마련하러 다니겠

※공안위원회 : 일본 경찰의 민주적 운영과 정치적 중립성을 확보하기 위해 조직된 행정위원회.
※마이넘버 제도 : 일본판 주민등록번호 제도. 국민에게 12자리의 개인 식별번호를 부여한다.

거니 단정 짓는 면이 있다(실제로 그랬다).

따라서 쿄코 씨를 유괴하기 위한 선행 투자로 옛날 차를 준비한 사실이 내게 탄로 날 거라고는 상상조차 못 했을 터. 그러므로 면허증을 위조하는 짓은 하지 않았을 거라고 생각한다.

내게 유괴 트릭을 들킬 위험성보다 면허 위조를 들킬 위험성이 더 높기 때문에.

같은 이유에서 도난 차를 사용했다고도 생각할 수 없다. 범인은 정규 루트로, 정규 방법으로 자신에게 필요한 차의 오너가 된 것으로 추정된다.

한데 그다음이 미지수인데, 경찰은 차종으로 오너를 특정할수 있을까? 그럴 수 있으면 좋겠다고 진심으로 생각하지만… 솔직히 불가능할 것 같다.

그 정보를 관리하는 데 큰 의미가 있을 것 같지도 않다. 어느차종이 얼마만큼 일본 국내에 보급되어 있는가 하는 데이터가필요한 곳은 오히려 자동차 업계 쪽이지 않을까? 경찰은 차량번호만 알면 될 것이다. 그런 이유로 내가 다음으로 손에 넣어야 할 정보는 범인이 사용했던 옛날 차의 번호였다.

보통은 유괴… 뿐만 아니라 모든 범죄에서 자동차를 사용할때 범인은 당연한 이유로 번호판을 가리거나 바꾸어 단다. 하지만 쿄코 씨를, 명탐정을 유괴할 때만큼은 그 은폐 공작을 쓸 수없다. 그런 꼼수를 명탐정이 눈치 못 챌 리 없기 때문이다.

거기까지 범인이 파악했는지 어떤지는 확실하지 않지만, 예전에 쿄코 씨가 가르쳐 준 '두뇌 체조' 중에 길을 가는 자동차의 번호판 숫자를 사칙 연산으로 계산하여 잇따라 '10'을 만든다는 것이 있었다. 탐정에게 있어 평소 차량 번호를 의식하는 일은 '두뇌 체조'이기 이전에 만약을 대비한 소양 같은 것이리라.

따라서 어설픈 꼼수를 (교묘하게라도) 부리면 도리어 의심을 살 우려가 있다. 이것은 상대를 자동차에 다가오게 만드는 플랜이므로 외관에 위화감이 있으면 안 된다.

보통은 말도 안 되게 위험한 도박이지만 유괴 대상이 망각 탐정이라면 차량 번호를 노출하더라도, 심지어는 맨얼굴을 노출하더라도 지장이 없다.

목적(돈 이외의 무엇)을 달성한 뒤 쿄코 씨를 풀어 주면 그녀는 자신이 어떤 식으로 유괴되었는지뿐만 아니라 자신이 유괴되었던 사실조차 기억하지 못할 테니까. 지금까지의 수법으로 보아 이 유괴범은 어쩐지 범행이 성공했을 때 그 후의 리스크를 낮추는 일에 신경을 집중한 것 같다.

허를 찔렸을 경우를 별로 가정하지 않았다. 그 부분이 맹점이다.

구체적으로 말하면⋯ 시종 쿄코 씨를 관찰하느라 그런 자신이 주위로부터 관찰당할 가능성은 그다지 신경 쓰지 않은 게 아닐까? 뭐, 확실히 이런 억측만으로는 범인을 특정할 수 없다. 옛날 차의 오너를, 집 안에 있으면서 당장에 특정하기란 어렵다.

하지만 어떨까.

만약 쿄코 씨를 끌고 가기 위해서 요즘은 보기 드문 옛날 차를 사용했다면 쿄코 씨 이외의 사람들도 그 차종에 주목하지 않았을까? 스나가 히루베에 독자의 눈길뿐만 아니라 카 마니아의 눈길도 의도치 않게 끌고 말 가능성에 대해 범인은 단단히 대책을 세워 두었을까?

세우지 않았을 것 같다. 그보다 세울 방법이 없을 것 같다.

즉, 지명 수배범의 목격 정보를 모으는 것이 아니라 해당 옛날 차의 목격 정보를 모으면⋯ 만약 내가 수사를 지휘하는 책임자라면 즉각 범인의 행적을 이 잡듯이 뒤질 판이지만 실제로는 수사반조차 편성되어 있지 않다.

이제 다시 인터넷이 나설 차례이다. 연예인보다 레어한 차종이라면 그 목격 정보가 인터넷상에 나돌 가능성이 매우 높다. 프라이버시 측면에서는 완전히 꽝이지만 우연히 길에서 본 신기한 차를 언급하는 정도라면 모두들 하고 있지 않을까. 원하는 것은 가급적 실시간 상황이다. 스마트폰으로 찍은 사진을 업로드하거나 했다면 최고이다. 범인이 찍혔을 가능성이 있다.

그와 더불어 뭐든 해 봐야 아는 법이니 그 무의미한 검색 작업을 시작하기 전에 안경을 쓴 백발 멋쟁이의 목격 정보도 인터넷에서 수집해 보았다. 그러나 해당 인물은 나타나지 않았다.

그 사람은 무엇에 보호받고 있는 걸까.

유괴범으로부터는 보호받지 못한 모양이지만… 그 정도는 스스로 어떻게든 하라는 건가?

뭐, 그렇게 간단히 해결된다면 탐정도 경찰도 필요하지 않다. 그것은 옛날 차의 목격 증언을 찾는 일에 대해서도 마찬가지였다.

어째서 내가 이런 사이버 수사관 같은 일을 해야 하나 하고 하마터면 자신을 되돌아보는 시간이 될 뻔했다. 정보가 검색되지 않은 것은 아니다. 오히려 너무 많이 검색되어 탈이다.

그렇게 레어한 차종도 아닌가? 아니, 연대별로 비슷한 형상의 자동차도 다수 출시되었기 때문이다. 틀림없이 붐을 일으킨 스타일 같은 것이 있으리라. 다른 차를 그 차로 착각한 증언도 종종 보인다.

이러면 곤란하다. 나는 이 동네, 기껏해야 시내의 입소문 정보를 모으면 그것으로 족한데 인터넷은 전 세계에서 정보를 모은다. 쿄코 씨처럼 두뇌 회전이 빠른 사람이나 인력을 할당할 수 있는 경찰기관이면 모를까, 나 개인의 정보 처리 능력으로는 방대한 목격 정보를 취사선택하는 것만으로도 금방 날이 샐 듯하다.

인터넷 서핑에 빠진 결과 배가 터져라 바닷물을 마시기라도 한 듯 가슴이 벅차다. 머리도 벅차다.

이왕 이렇게 된 거 일단 자고 나서 개운해진 머리로 처음부터 다시 공략 플랜을 짜는 게 좋지 않을까 하는 고민까지 했으나 (손을 뗄 뻔했다고도 할 수 있다) 지금 이 순간에도 범인에게 사로잡힌 쿄코 씨는 한숨도 못 잔 채 졸음을 참아 가며 자력으로의 탈출을 시도하고 있을 거라면서 나는 스스로의 사기를 북돋웠다.

뭐, 솔직한 생각을 말하자면 경찰서 유치장 안에서도 뻔뻔하게 굴었던 쿄코 씨가 유괴범의 감금 장소에서는 한숨도 못 잔 채 깨어 있을 것인가 하면 절대 그럴 것 같지는 않지만… 망각 탐정이 새근새근 잠자는 숲속의 공주 놀음을 하는 동안 나는 철야하며 익숙지 않은 조사를 하고 있다고 생각하면 마음이 꺾일 것 같으므로 그에 대해서는 가급적 생각하지 않기로 했다.

그 대신에 생각했다.

망각 탐정의 스타일을 답습한다고 해도 내가 쿄코 씨와 같을 필요는 없다. 지금까지의 한심함을 보면 알 수 있듯이 모든 가능성을 망라하고 취사선택한다는 것은, 고된 작업을 스피디하게 소화한다는 것은 역시 아무리 봐도 내가 할 일이 아니다.

시간은 만인에게 평등하게 흐르지만 그와 동시에 상대적인 것. 쿄코 씨에게는 오늘밖에 없다. 쿄코 씨에게는 매일이 '인생 최후의 날'인 것이다. 같은 24시간에 임하는 자세가 전혀 다르다. '내일 인류가 멸망한다면 당신은 대체 무엇을 하고 싶은가?'

라는 심리 테스트에 대하여 '지혜를 짜내서 오늘 중으로 인류를 구하겠습니다'라고 대답할 듯한 놀라운 히어로 기질을 지녔다.

흉내 낼 수 없다. 해 보고 통감했다.

유괴된 인질(인지 어떤지는 차치하더라도)을 구출한다는 큰 뜻 앞에서는 아무래도 전력을 다하여 해야 할 일을 전부 하지 않으면 태만한 것으로 착각하기 십상이다. 아니, 착각이 아니라 실제로 그런 것이리라.

그렇지만 100개의 문제를 100개 모두 풀려다가 시험 종료를 맞이하기보다 자신이 풀 수 있는 20문항을 확실히, 착실히 풀면 그래도 20점은 맞을 수 있지 않을까? 게다가 그 20문항 중에는 배점이 50점인 문제도 있을지 모른다. 아니, 이 비유는 적절하지 않다.

제비뽑기에 비유하는 편이 이해하기 쉽다. 100개 가운데 당첨 제비가 한 개 있다면 100개를 뽑으면 반드시 당첨된다. 이것이 쿄코 씨의 방식이라면 내 경우, 뽑을 수 있는 한도가 20개라면 그 20개를 뽑으면 된다.

그로써 당첨될지도 모르지 않는가. 5분의 1은 결코 나쁜 확률이 아니다. 아니, 이런 상황이라면 100분의 1조차도 무척 든든한 확률이라고 할 수 있다.

범위를 좁히자.

엄밀한 취사선택 따위는 하지 않아도 된다. 세세한 분석도 사양이다. 절대 틀림없다고 나라도 판단할 수 있는 정보만을 긁어모은다. '아닐지도 모르는' 정보나 '합리적인 의심이 남는' 정보는 과감하게 뺀다.

'절대로 아닐 가능성을 모두 제외하여 마지막에 남은 가능성은, 아무리 아닌 것처럼 보여도 진실이다'라는 명언은 귀가 따갑도록 들었지만, 명탐정이 아닌 나는 진실로밖에 보이지 않는 가능성을 모으자.

'그럴싸한' 것도 아니고 '그래 보이는' 것도 아닌 '그렇게밖에 보이지 않는' 인터넷 정보에 놀아나자.

쿄코 씨를 유괴하기 위해 유괴범이 옛날 차를 사용했다고 가정할 수는 있어도, 밑조사를 하기 위해 미행할 때도 같은 차를 썼다고는 생각하기 힘들까? 준비가 갖춰지기도 전에 유괴 상대가 다가오면… 그건 그것대로 좋은가, 어차피 이튿날이 되면 쿄코 씨는 그 사실을 잊는다. 오히려 좋은 테스트가 된다. 원래는 최근 24시간 정도의 목격 정보로 좁혀 다시 정보를 수집하려고 했지만, 그렇다면 최근 1개월 정도로 좁히자. 검색할 때 너무 제한 조건을 많이 달면 검색 결과가 제로가 된다.

최근 1개월. 오키테가미 빌딩 주변. 완벽하게 차종을, 연식까지 포함하여 정확하게 특정할 수 있으며, 운전자는 찍혀 있지 않더라도 번호판은 찍혀 있는 사진 포함 게시글.

이 조건이라면 어떨까?

그런 식의 적당한 정보 수집으로 도출된 검색 결과는 네 건이었다. 그중 두 건은 중복 게시글이었으므로 결국 발견된 (것으로 확신할 수 있는) 번호판은 세 장이다.

해당 옛날 차에 붙어 있던 번호판… 안타깝게도 각도 때문인지 아니면 창문에 선팅지가 발려 있기 때문인지 어느 사진에서도 운전자의 모습은 보이지 않았다.

하지만 이것으로 오너의 명의는 확인할 수 있을 터… 명의가 확인되면 그 이름으로 운전면허증을 추적할 수 있을지도… 세 명의 운전자… 세 명의 용의자….

좋았어.

무엇이 좋은가 하면 내가 알았다는 사실을 저쪽에서는 알지 못한다는 점이 무엇보다도 좋다.

자, 이제 히다루이 경부에게 전화다. 이미 밤이 깊을 대로 깊었지만 어쩐지 히다루이 경부라면 쿄코 씨와 달리 오늘 밤 철야해 주고 있을 거라고, 번호판에 관한 것보다 강하게 확신할 수 있었다.

5

인터넷 정보를 바탕으로 최소한 3분의 2 이상의 확률로 선량한 운전자를 범인으로 몬다는 있어서는 안 될 악행을 저지른 뒤

시간이 지나… 유괴범으로부터 세 번째 협박 전화가 있었다.

"여보세요."

오키테가미 쿄코의 색견본

제 5 화

파란색 탈출극

1

유괴범인 내가 망각 탐정에게서 망각된 기밀 정보를 되살려내기 위하여 세운 두 번째 플랜은 마치 비디오 게임의 최종 보스처럼 '이 게임을 풀면 집에 보내 주지'라고 선언하는 것이었다. 그렇지만 명백히 플랜 A의 연장선상인 이 안을 폐기하지 않을 수 없었다.

실수를 만회하려고 하면 실수를 되풀이할 뿐이다. 만회하려 할 게 아니라 완전히 리셋해야만 한다.

그 점은 망각 탐정을 본받자.

애당초 쿄코 씨는 거래에는 응할지 몰라도 협박에 응할 타입으로는 보이지 않는다. 이것은 관찰 결과가 아니라 실제로 대화해 보고 얻은 인상이다. 그녀의 직업의식은 예상보다 훨씬 높다. 탐정이라는 사실에 강하게 집착하고 있다.

그렇다면 다음으로 역이용해야 하는 것은 그 부분이다.

탐정이 원하는 것은 무엇인가? 난해한 사건. 매력적인 수수께끼.

그리고 클라이언트이다.

의뢰인인 척한다, 그리고 사건 해결을 의뢰한다. 퀴즈의 형식이 아니라 실제로 일어난 사건의 형식으로… 즉, 나는 '사건'의 관계자인 척하며 쿄코 씨에게 의뢰하는 것이다.

그러려면 우선 쿄코 씨의 결박은 풀어 주어야 한다. 안락의자에서 끌어내려 침대에 눕힐 필요가 있으리라. 추리 도중 잠들어 버린 망각 탐정에게 클라이언트인 내가 의뢰의 개요를 설명한다. 전혀 이상할 것은 없다.

결박은 풀면 된다고 쳐도 감금은 어떻게 설명하지? 역시 이 방에서 내보낼 수는 없다. 리스크가 너무 크다.

그렇다면 범인에게 쫓겨 숨어든 패닉 룸인 것으로 할까… 그냥 사건 중에 잠들었다고 설명하기보다 범인에 의해 잠재워졌다고 설명하는 편이 명탐정으로서도 받아들이기 쉬울 것이다. 프라이드를 지켜 드려야 한다. 신뢰 관계를 쌓을 수 있는 클라이언트이기 위해서는 '제가 사건 중에 깜빡 잠들다니 그럴 리 없어요'라는 반론은 피하고 싶다.

다행히 이에 대해서는 내가 범인이고 실제로 쿄코 씨를 차 안에서 잠재웠으니 설득력 있는 거짓말을 할 수 있을 듯하다. 거의 사실이나 마찬가지이다.

하지만 그렇게 되면 맨 처음 건넸던 세 문항의 퀴즈를 재이용할 수도 없다. 그 세 개의 사건에 범인이 폭력적으로 역습한다거나 대피 공간에 클라이언트와 숨는다거나 하는 어드벤처로 가득한 건 포함되어 있지 않다.

그렇지만 망각 탐정이 관여한 것으로 추정되는 사건의 재고는 그밖에도 수중에 잔뜩 남아 있다. 어레인지할 필요는 있겠지만 위장하고 가장할 수 있는 사건에 부족함은 없으리라.

여기서 중요한 것은 내가 중점을 둔, 말하자면 가장 필요로 하는 기밀 정보가 포함된 사건에 그 플랜을 적용할 수 있다는 점이었다. 그렇기 때문에 떠올린 안이다. 물론 그 안을 느닷없이 시도할 만큼 어리석지는 않다. 실패하더라도 쿄코 씨의 기억은 리셋되겠지만 지금은 주의에 주의를 기울여 제대로 테스트하고 싶다.

β 테스트라는 것이다.

원래 이것은 망각 탐정에게서 사라진 기억을 끌어내기 위한 시도이다. 너무 리셋에 과도한 기대를 거는 것은 자가당착이다. 머리로는 기억할 수 없더라도 신체는 기억할 수 있을지 모른다. 이미 한 번 실패한 몸이다, 어디까지나 방심은 금물임을 명심하자.

그렇게 결정한 이상 재빨리 행동해야 한다. 쿄코 씨가 깨어나기 전에 해야 할 준비가 산더미처럼 쌓여 있다.

가장 빠른 탐정이 상대이다.

나는 가장 빠른 범인이 되어야 한다.

2

결론부터 말하면 플랜 B는 실패했다. 플랜 B인 β 테스트는 실패했다. 게다가 플랜 A보다도 파멸적인 실패였다. 가장 빠른 실패이다. 하마터면 모든 것이 파탄 날 뻔했다. 만약 사전에 대책을 세우지 않았더라면.

순서대로 이야기하겠다.

쿄코 씨를 안락의자에서 침대로 이동시켜 그녀가 깨어나기를 기다렸다. 아니, 순서대로라면 그 과정에서 한 일이 한 가지 있다. 나는 쿄코 씨의 옷을 갈아입혔다. 센스가 나쁘다고 에두른 말로 타박을 받았는데 얌전히 입을 다물고 있을 순 없었다. 내게도 고집이 있다. 아니, 고집만의 문제는 아니다.

잠을 깼을 때 쿄코 씨가 '이런 촌스러운 옷을 설마 내가 스스로 입었을 리 없어'라고 생각해 버린다면 내 플랜 B, 이름하여 클라이언트 플랜은 그 시점에서 끝장이다.

'범인이 잠재웠다'라면 모를까 '범인이 옷을 갈아입혔다'는 너무 지나치게 진실에 가깝다. 그렇다면 원래 차림으로 되돌리면 된다고 순간 생각했지만, 그것도 곤란했다.

쿄코 씨는 하루마다 기억이 리셋되는 체질인데도 같은 옷을 두 번 입지 않는다. 그 소문이 진실이라는 것은 꾸준한 관측 결과가 뒷받침한다. 어떤 원리인지는 몰라도 그것을 모르는 이상 이미 날짜가 바뀌었는데 쿄코 씨에게 같은 옷을 또 입히는 것은 무척 위험하다는 느낌이다.

아마 본인밖에 모르는 룰 또는 시스템이 있는 것이리라. 그렇다면 그런 무서운 것에는 저촉되고 싶지 않았다.

내가 원하는 것은 기밀 정보뿐이다.

범죄자계의 패션 리더가 될 마음은 추호도 없다. 범죄자가 될 마음도 없다, 이 유괴 사건은 리셋할 거니까.

그런 이유로 나는 의자에서 끌어내린 쿄코 씨를 눕히기 전에 내 센스에 의지하여 다시금 명탐정의 옷을 갈아입힌다는 공정을 밟았다. 생각해 보면 복에 겨운 일이다. 마치 인형의 옷을 갈아 입히듯이 멋쟁이로 유명한 탐정의 옷을 갈아입히는 것이니… 무릅쓰는 리스크의 크기를 감안하면 그다지 혜택 같지도 않지만.

그나저나.

일하는 중임을 생각하면 반소매는 좋지 않으리라. 쿄코 씨는 일하는 중에는 살갗 노출을 피하는 경향이 있다. 매너를 지키기 위해서가 아니라 '비망록'을 감추기 위해서이다. 비밀 메모 공간을 확보하려면 긴소매가 바람직하다. 그리고 하의도 바지가 아니라 스커트가 바람직하다. 그렇지 않으면 비망록을 확인할 때마다 일일이 속바지를 노출해야 한다. 뭐, 스커트를 걷어 올리는 것도 결코 품위가 있다고는 할 수 없지만… 그런 부분을 축으로 하여 코디하기로 했다.

아무래도 오렌지색 셔츠가 불만이었던 듯하니 이번에는 엷은 하늘색의 퍼프 소매 셔츠 같은 걸 준비했다. 맥시 기장의 파란 스커트를 그것과 매치하여 그러데이션을 만든다. 이런 안배가 멋스럽지 않은가?

다행히 위안거리는 있었다.

바로 첫 번째 '코디네이션' 때 제일 호되게 퇴짜를 맞았던 신발. 이번에 깨어나는 곳은 침대 위이다. 즉, 신발은 벗겨 두어도 된다. 첫인상에서의 직감을 피할 수 있다면 침대 옆에 가지런히 놓인 신발에서 쿄코 씨가 다소 위화감을 느꼈다고 해도 그럭저럭 넘어갈 수 있다. 탐정다운 실용성을 고려하여 기능적인 스니커즈를 놓아두었다.

그렇다고는 해도 사전에 준비해 둔 아이템으로는 패턴에도 한계가 있었다. 최종 완성된 모습이 만족스럽다고는 하기 힘들다. 혜택은커녕 전혀 즐거운 시간이 아니었다. 하지만 그래도 나는 분발했다. 녹초가 되고서야 (정신적 피로 때문만은 아니다. 잠든 사람의 옷을 갈아입히는 작업은 단시간에 두 번 하기에는 체력 소모가 너무 크다) 쿄코 씨를 침대로 옮겼다. 그 후에는 내 의자가 아니라 안락의자에 앉아 축 늘어져서, 아니, 푹 쉬면서 잠자는 공주가 깨어나기를 기다렸다.

이 시간은 대체 무엇인지를 생각하면서 기다렸다.

뭐, 지금쯤 마련될 리 없는 몸값을 긁어모으고 있을 경비원에 비하면 시간을 유용하게 쓰고 있다고 스스로를 다독였다. 아니면 슬슬 경찰에 연락했다가 무시당하고 망연자실해 있을 즈음이려나?

그에게는 미안한 일을 했다.

2억 엔을 마련할 능력은 있으나 역부족이고, 누구에게도 신뢰받지 못하여 자기편을 한 사람도 얻을 수 없다는 것은 어떤 기분일까?

그런 것을 곰곰이 생각하는 사이에 "으음….." 하며 쿄코 씨가 깨어났다.

예고 없는 그 각성에 내가 대응하기도 전에, 상체를 일으키기에 앞서 쿄코 씨는 왼쪽 소매를 걷었다. '신체가 기억한다'라는 것인가. 잠에 취한 눈으로 자필 비망록을 확인한다. '나는 오키테가미 쿄코. 백발. 안경. 25세. 오키테가미 탐정 사무소의 소장. 하루마다 기억이 리셋되는 망각 탐정'.

그 글의 확인은 연기 개시의 신호였다.

"정신이 드십니까, 쿄코 씨! 저를 아시겠습니까, 어디까지 기억하시죠?! 저는 의뢰인인….."

그러나 연기파가 아닌 내가 애드리브로 쥐어짠, 사실을 바탕으로 꾸며 낸 이야기는 끝까지 이어지지 못했다.

"67점!"

쿄코 씨는 그렇게 소리치며 내 목덜미를 화려하게 걷어찼다. 스커트 차림이었기에 필시 걷어차기 쉬웠던 것으로 보인다. 걷어차는 결에 허벅지도 속옷도 보였으나, 그건 그렇다 치고 신발을 벗겨 두길 정말 잘 했다. 운 나쁘게 하이힐이라도 신겨 두었더라면 이걸로 목숨 끝이었을지도 모른다 싶을 만큼 강렬한 킥이었다.

바리츠는 아니었지만 뜻밖에 기민한 동작이었다. 그것은 나를 쓰러뜨린 후의 행동도 마찬가지였다.

침대 스프링을 이용했는지 쿄코 씨는 튀어 오르듯 점프하여 체조 선수처럼 바닥에 착지하는가 싶더니 내게는 눈길도 주지 않고 곧장 백발을 흩날리며, 그러나 소리는 내지 않고 내달렸다.

출구를 향해.

"앗…!"

하고 나는 깨달았다. 67점이 무슨 점수인지 이해가 안 갔는데 아무래도 내 코디네이션에 관한 점수였던 것 같다. 전에는 몇 점이었는지 모르겠지만 아무리 생각해도 합격점을 받은 먼젓번보다 하락한 느낌이다. 너무 분발했나?

그리고 어리석은 나는 뒤이어 또 한 가지를 깨달았다.

쿄코 씨는 잠 같은 건 자고 있지 않았던 것이다.

그녀는 줄곧 자는 척을 하고 있었다. 어이없게도 몇 시간에 걸쳐 그 사실을 들키지 않고. 꼼짝도 않고 긴장 속에서 편히 자는 척을… 대체 어떻게 된 인내력인가?

즉, 기억은 리셋되지 않았다. 내가 유괴범이며, 게임을 핑계로 기밀 정보를 빼내려고 했음을 쿄코 씨는 완벽하게 기억하고 있다. 하지만 그렇다면 어째서 이제 와서 행동을 취했지? 그대로 계속 자는 척하면 좋았을 텐데. 아니면 더 빨리 도망을 꾀해도 좋았을 텐데.

그 답은 바로 알았다. 출구에 다다르기 전에 쿄코 씨를 잡으려고 일어서려 한 순간 내 다리가 꼬였으므로.

아무래도 쿄코 씨는 내가 '지치기를' 기다린 듯하다. '잠자는 쿄코 씨'의 옷을 갈아입힌다는 중노동으로 내가 녹초가 되기를. 옷을 갈아입힐 것까지 예상했다고는 생각할 수 없지만. 예상했나? 그 때문에 에둘러, 도발적으로 내 센스를 부정하는 듯한 말을 했던 것인가?

지나친 생각인지도 모른다.

설령 내가 고집을 부리느라 쿄코 씨의 패션 체크에서 설욕에 나서려 하지 않았다 해도, 철야로 쿄코 씨를 감시하다 보면 당연히 '지친다'. 그 타이밍을, 실눈도 뜨지 않고 쿄코 씨는 계속 기다렸다. 사냥꾼처럼.

그리고 내가 실내에 있는 이상 출입구는 잠겨 있지 않다. 엄밀히 말하자면 안쪽에서 문을 잠그기는 했으나 그로써 발을 묶어둘 수 있는 시간은 기껏해야 1초이다.

꼬인 다리를 풀고 나는 가까스로 다시 일어섰으나 그 무렵 실내에서 쿄코 씨의 모습은 사라지고 없었다. 가장 빠른 탐정.

도망도 빠르다, 인정사정없이.

이상이 슬프게도 플랜 B가 괴멸에 이른 경위이다. 스스로도 참 한심하다. 나중에 되짚어 보니 나 자신도 믿기지 않는 실수로 가득 차 있었다.

나는 탄식하며 터덜터덜 걸어 열린 문으로 향했다. 기분 같아서는 지금의 충격을 온몸에 침투시키기 위해 마냥 우두커니 서 있고 싶을 정도였으나 그럴 수도 없었다. 꾸물대면 내가 갇혀 버릴 걱정도 있기 때문이지만, 그 이상으로.

그 이상으로 쿄코 씨가 걱정된다.

뭐, 방에서 뛰쳐나가 도망칠 곳이 없음을 인식했다고 해서 세상을 비관하여 **투신**할 타입이라고는 생각하지 않지만, 만에 하나라는 것도 있다.

밖에 나가 보니 과연 망각 탐정은.

갑판 저편 뱃머리에서 "……." 하며 하늘을 올려다보고 있었다.

3

쿄코 씨를 어디에 감금하는가 하는 것은 밑조사와는 전혀 종류가 다른 과제였다. 액티브한 명탐정인 그녀는 얌전히 감금될 타입 같지 않았다.

물론 손가락 하나 까딱할 수 없을 만큼 꽁꽁 묶으면 마술사가 아닌 이상 탈출할 수 없겠지만, 누누이 말했듯이 그것은 내가 바라는 바가 아니었다. 상처 없이 돌려보낼 예정인 이상 폭력은 휘두를 수 없는 것이다.

적어도, 최소한.

그러므로 고민 끝에 내가 내린 결론은 **바다 위**에 감금하는 것이었다. 맨 처음 떠오른 것은 잠수함에 감금한다는 장대한 아이디어였다. 생각만 해도 설레는 아이디어였지만 그것은 역시 실행할 수 없었다. 잠수함은 10억 엔이 있어도 살 수 있을 리 없고, 만약 살 수 있다고 해도 조종할 수 있을 리 없다. 면허증 한정을 해제하는 차원의 이야기가 아니다. 대체 어떤 면허가 필요하단 말인가?

따라서 선박으로 타협을 보았다.

중고 요트라면 선행 투자로서는 충분히 타산이 맞는 액수였다. 그보다 솔직히 유괴를 실행하기 위한 도구였던 옛날 차가 더 비쌌다. 선박 면허는 개인적으로는 취득하기 쉬웠다. 잠수함 면허에 비하면.

최종적으로는 옛날 차도 요트도 전부 되팔 예정이므로 일시적인 빚 같은 것으로 생각하고 있다. 육지에서 거리가 있는 장소에 배를 정박하고 육지에는 고무보트로 오간다.

엔진 키를 빼고 또 고무보트의 공기도 빼 두면 배는 먼 바다의 외딴 섬이나 마찬가지이다.

쿄코 씨는 절대로 도망칠 수 없다.

이른바 푸른 바다 감옥이다.

그렇지만 사실은 이곳이 배인 것 자체를 계속 숨길 예정이었다. 그래서 방도 개조했고, 기분 좋게 흔들리는 안락의자도 준비했다. 배의 엔진 키는 확실히 빼 두었지만 그래도 날씨에 따라 조금은 흔들리니까.

"쿄코 씨, 방으로 돌아가 주세요. 그런 데 서 있으면 위험합니다. 바다에 빠지기라도 하면 큰일입니다."

헤엄쳐서 돌아갈 수 있는 거리가 아니다.

사방팔방을 둘러보아도 육지는 보이지 않는다. 아직 어둡기 때문이기도 하지만, 설령 쾌청한 낮이라고 해도 기껏해야 수평선 옆에 작은 섬이 보이는 정도이리라.

"…당신을 때려눕히고 요트나 보트의 엔진 키를 빼앗아도 되지만요."

라고.

쿄코 씨는 돌아보고 위험한 말을 했다. 그러나 손바닥을 펼치며 취한 공격 자세는 별로 태가 나지 않으므로 격투기 소양이 있어 보이지는 않는다. 그 킥은 역시 우연히 얻어 걸린 초심자의 행운이었나.

명탐정이라고 해서 누구나 바리츠를 할 수 있는 건 아님을 안 것은 수확이다.

"그보다 당신과 거래하는 편이 빠를 것 같네요, 유괴범 씨. 좋아요, 이 대규모 작전. 당신을 제 적으로 인정해 드리고말고요."

웃는 얼굴이었다.

피로가 날아가는 듯한.

4

감금실, 개조한 선실 안으로 돌아온 쿄코 씨는 묘하게 얌전했다. 아니, 얌전하다기보다 꺼림칙했다. 안락의자에 앉는가 싶더니.

"자, 다시 묶으시죠."

라고 말했을 정도이다.

"사방이 바다로 둘러싸인 상황에서는 묶여 있든 묶여 있지 않든 어차피 똑같으니까요. 한패로 오해받는 것도 좀 그러니 사로잡힌 몸으로서의 입장은 견지하고 싶어요."

흐음. 과연 그렇군.

계획했던 스톡홀름 증후군과는 아예 정반대의 전개이기는 하나 이건 이것대로 대등한 위치에 섰다고도 할 수 있다. 거래라.

명탐정에게 적으로 인정받은 일로 마음이 들뜰 만큼 미스터리 마니아는 아니지만 이야기를 진행하기는 쉬워졌다.

그런데 사로잡힌 몸인 쿄코 씨로부터 결박 전에 요청도 있었다. 포로 취급에 관한 불만이었다.

그녀가 침대 옆에 놓인 스니커즈를 힐끗 보더니,

"적어도 신발은 다른 걸 준비해 줄 수 있을까요? 이 부조화는 참을 수 없어요."

라고 요구해 온 것이다.

67점보다 평가가 내려갈까 봐 낙담한 나로서는 반론할 수가 없었다. 나는 체념하고 미리 준비해 둔 스니커즈 이외의 신발을 그녀가 앉은 안락의자 앞에 전부 늘어놓았다.

쿄코 씨가 고른 것은 끈 샌들이었다. 이렇게 말하기는 좀 그렇지만 그렇게 센스가 좋아 보이지는 않는다. 이런 것도 괜찮을까 싶어 재미로 산 상품인데… 라고 의아해 한 순간 '혹시' 하는 생각이 스쳤다.

"쿄코 씨, 혹시 발을 다치셨습니까?"

아까 내 목덜미를 걷어찼을 때다. 나는 아픔도 거의 가셔서 목보다는 오히려 쓰러질 때 바닥에 찧은 손목이 더 아플 정도인데, 타격이라는 것은 때리거나 걷어찬 쪽도 그에 상응하는 대미지를 입는 법이다. 하물며 이토록 가녀린 쿄코 씨이다. 맨발로 나를 걷어찰 때 잘못해서 삐끗한 게 아닐까? 그래서 착화감이 편할 듯한 끈 샌들을 고르려는 건가?

"우후후. 자상한 유괴범 씨네요. 힘껏 걷어차이고도 제 발목을 걱정하시다니."

놀리듯이 말하는 쿄코 씨.

자상하다고 형용하니 대꾸하기가 곤란하다. 확실히 걱정한 것은 맞지만, 내가 걱정한 이유는 혹시 발목이 붓기라도 하면 최종적으로 쿄코 씨의 기억이 리셋된다고 해도 흔적이 남기 때문이다.

순수하게 쿄코 씨의 몸을 염려한 것이 아니다. 이런. 안 돼, 안 돼. 죄책감에 물들면 어쩌자는 건가. 이건 덫이다.

"괜찮아요, 보세요, 아무렇지도 않죠?"

쿄코 씨는 안락의자에 앉은 채 발목을 까딱까딱 움직였다. 그 유연한 동작은 막힘이 없이 매끄러워서 확실히 대미지는 없는 듯했다. 적어도 눈에 보이는 대미지는.

"그러니 신겨 주시겠어요? 지정한 샌들을. 저는 보시다시피 묶여 있으니까요."

잠자는 숲속의 공주인가 했는데 이번에는 신데렐라 기분을 내려는 건가? 어쩐지 완전히 탐정의 페이스에 말려든 느낌이지만 그 또한 좋다.

목적이 달성되면 나는 이길 필요조차 없다.

나는 그녀의 발치에 무릎을 대고 앉아서 끈 샌들을 신겼다. 사이즈는 사전에 알아 두었으니 어느 것이든 딱 맞을 것이다.

발 사이즈 같은 건 어떻게 알아내는 거지? 라는 의문에 답을 해 두자면 쿄코 씨가 신발을 벗고 들어가는 타입의 일식집에서 식사를 할 적에 신발장을 살펴보았다. 아아, 물론 인정하고말고. 비록 신발 속에 숨겨진 만 엔 지폐에는 손을 대지 않았다고 해도 그것은 위험한 행동이기 이전에, 범죄이기 이전에, 변태적인 행위이다.

그렇지만 이처럼 도움이 된다.

결과적으로 그 끈 샌들은 쿄코 씨가 신은 순간 전에 없던 빛을 발하기 시작했다. 아니, 엄밀히 말하자면 끈 샌들이 아니라 전신 토털 코디네이션이 훌륭하게 갖춰졌다.

신발이 이렇게 중요했나?

아무래도 나에 대한 배려가 아니라 쿄코 씨는 그저 나로서는 미치지 못할 그 엄청난 센스를 발휘하여 신발을 골랐을 뿐인 것 같다. 죄책감이 아니라 패배감에 물들면 어쩌자는 건지.

뭐, 다친 데가 없다면 다행이다.

"그런데 쿄코 씨. 조금 전 거래라고 말씀하셨는데… 당신은 어디까지라면 타협할 수 있습니까?"

"타협요?"

"네. 제 목적은 이제 아셨겠죠?"

"아무래도 돈이 아닌 것 같네요. 10억 엔 님이. 돈 말고 원하는 것이 있다니 저로서는 믿기 힘들지만요."

과연 '돈의 노예'라는 별명을 가진 망각 탐정이다. 10억 엔에 님 자를 붙인다는 점에서 이채가 뿜어져 나온다.

그리고 역시 그 몸값을 요구받은 사실을 기억하는 것으로 보아 쿄코 씨는 이 방에서 처음 눈을 뜬 후로 한숨도 자지 않은 모양이다.

즉, 무릎 위에 놓였던 세 문항의 퀴즈… '문제지'도 기억하고 있다.

"추측하건대, 당신이 원하는 것은 정보겠죠? 제가 망각 탐정으로서 과거에 해결했던 사건들의 기밀 사항을 원하고 있어요…."

"요즘 시대에 정보는 힘이니까요."

요즘 시대, 라고 해도 쿄코 씨는 잘 감이 안 올지도 모른다. 따라서 나는 설명을 덧붙이기로 했다.

"현대에는 데이터 그 자체가 탐정이나 마찬가지입니다. 수집된 통계 정보가 마치 DNA를 해독하듯 개인의 모습을 구축하죠. 그래서 지금은 정보 공개와 정보 보호가 동시에 주장되는 시대입니다. 그런 상황에서 당신 같은 망각 탐정의 존재는 매우 귀중하죠. 귀중하다기보다 희소합니다."

"그래서 저로부터 끌어낸 난해한 사건이나 불가능 범죄의 개요를, 숨겨진 진실이나 트릭을 독점하고 싶다는 말씀인가요?"

트릭은 딱히 아무래도 상관없는데… 싶지만, 그건 그것대로 쓸모가 있을지도 모른다. 아직 알려지지 않은 범죄 수법은 악당 시장에서 어느 정도 수요가 있을 듯하다.

"맞습니다."

자세한 것은 생략하고 나는 인정했다. 대등한 교섭이 시작되었지만 굳이 모든 것을 밝힐 생각은 없다.

"만약에 제가 원하는 정보를 제공해 주신다면 쿄코 씨를 곧장 육지까지 바래다 드리겠다고 약속하죠. 물론 기억은 리셋하여 저를 잊어 주셔야 되지만."

"그거 고맙네요. 하지만 그런 거라면 도저히 힘이 되어 드릴 수 없겠는데요."

쿄코 씨는 온화하게, 그러나 단호하게 그렇게 말했다.

"탐정으로서의 직업윤리 때문에도 그렇지만, 그 이전에 저는 '잘 때마다 기억이 리셋되는 망각 탐정'이라서요."

지금은 소매에 가려져 있는 왼팔의 비망록을 쿄코 씨는 그렇게 암송했다.

"사건의 개요 같은 건 조금도 기억나지 않아요. 만약 제게서 과거의 기억을 끌어낼 방법이 있다면 오히려 기꺼이 협력하고 싶을 정도지만요. 저도 자신의 숨겨진 과거에 전혀 흥미가 없는 건 아니거든요."

"……."

어디까지 진심으로 말하는 걸까? 솔직히 멀찍이서 그녀의 행동을 관찰한 바로는 스스로의 정체가 궁금한 것처럼은 보이지 않았다. 보통은 기억 상실증에 걸리면 그 기억을 되찾으려 하는 법일 텐데 쉬는 날 그녀의 행동은 일관되게 '시간 때우기에 능한 사람'이었다.

스스로의 발자취를 더듬으려고 한 적은 한 번도 없다. 모든 것을 밝힐 생각이 없는 건 저쪽도 마찬가지인가.

서로 속고 속이기다.

"그래서 퀴즈의 형태를 취한 것입니다. 비록 기억에서 소거되었을지라도 한 번은 당신이 풀었던 수수께끼이고 해결했던 사건입니다. 경위가 담긴 개요를 한 번 읽으면 같은 해답을, 같은 범인을, 같은 진상을 도출할 수 있지 않을까요?"

"그 아이디어 자체를 부정할 생각은 없어요. 괜찮은 생각이네요. 하지만… 이 부분은 체크 포인트이니 잘 들어 주세요. 사실은 그때 건네받은 세 문항의 퀴즈를 제가 풀 수 있었는가 하면, 전혀 풀 수 없었어요."

"네?"

"'사라시나 연구소 기밀 데이터 도난 사건' '아틀리에장 사건' '무직 남성(37) 토막 살인 사건'… 이었죠? 아니, 전혀 알 수 없었어요. 당신의 언행으로 미루어 보아 그것들이 제가 과거에 해결한 사건이라는 데까지는 추리할 수 있었지만, 정작 그 진상은… 아, 그래도 첫 번째 문제는 아마 카쿠시다테 야쿠스케인가 하는 수상한 놈이 범인 아닐까 싶어요."

어디까지 진심인 걸까, 어디까지 진짜인 걸까.

분명 그 세 문항에서 답을 도출했기에 잠들어 리셋한 줄 알았는데, 그 리셋이 페이크였을 뿐만 아니라 문제를 풀었다는 전제마저도 내 착각이었단 말인가?

한 번 풀었던 문제를 두 번째에는 풀지 못할 리 없다. 라고 강하게 추궁하고 싶지만, 그럴 수도 있다고 생각했기에 나는 실전에 앞서 테스트 기회를 마련하지 않았던가.

예컨대 학창 시절의 시험을 떠올려 보면, 전날 집에서 예습할 때는 풀렸던 문제인데 막상 시험에서는 손도 못 대는 경우가 종종 있다. 그야 내 성적표와 망각 탐정의 사건부를 동급으로 놓고 이야기할 순 없겠지만 생각해 보면 문제 글에 이상이 있었을 가능성도 있다.

경찰이 만든 보고서가 아니다, 내가 독자적으로 작성한 파일이다. 정확성이나 정보량이나 한계는 있다.

그렇지 않더라도 종이로 읽는 것과 실제로 현장에서 탐정 활동을 벌이는 것은 전혀 다르다는 난점도 있다. 그 차이를 알아둘 필요가 있었기 때문에 나는 세 가지 패턴으로 트리플 체크를 하고자 했던 거지만, 모든 문항에 오답·무응답일 경우는 별로 예상하지 못했다.

계획대로 되지 않을 줄 알면서 최악의 사태를 예상하지 못하는 것은 나의 참 나쁜 버릇이다. 최악의 버릇이다. 그렇지만 모든 것이 쿄코 씨의 허풍일 가능성이 지금으로서는 가장 높은 것도 사실이다.

허풍은 보통 할 수 없는 일을 할 수 있다고 주장하는 것이지만 이 경우에는 반대의 허풍이다. 할 수 있는 일을 할 수 없다고 한 다, 풀 수 있는 수수께끼를 풀 수 없다고 한다.

"아니요, 유괴범인 당신에게 협력하고 싶은 마음은 굴뚝같지 만 인간에게는 할 수 있는 일과 할 수 없는 일이 있어서요. 능력 을 뛰어넘는 정보를 요구하시면 정말이지 곤란하기 짝이 없어 요."

곤란한 것은 이쪽이다.

이럴 바에는 '망각 탐정의 명예를 걸고 클라이언트를 배신하 는 짓은 할 수 없어요! 비밀 유지 의무는 목숨을 걸고, 목숨과 바꾸어서라도 끝까지 지키겠어요!'라고 선언해 주는 편이 그나 마 수월했을 것이다.

오키테가미 탐정 사무소의 경비원에게 10억 엔이라는 도저히 지불할 수 없는 액수의 몸값을 요구한 것은 몸값을 지불하지 못 하게 하기 위함이었다. 그렇지만 쿄코 씨에게 능력을 뛰어넘는 요구를 하는 것은 무의미하다.

그걸 알고 쿄코 씨는 그렇게 말했다. 능력.

그런 주장을 논파하기 위해서는 할 수 있는 일을 할 수 없다고 말하는 쿄코 씨에게 하면 할 수 있음을 증명해야 하나… 어째서 그런 친절한 가정교사 같은 일을 해야만 하지?

　본인이 모르는 사이에 슬쩍 수수께끼를 풀게 하면 되려나⋯ 하지만 직업 탐정인 쿄코 씨는 매력적인 수수께끼가 있다고 해도 그것을 풀지 않곤 못 배기는 타입이 아니다.

　설령 이런 상황이 아니더라도 의뢰비를 받지 못하면 풀린 수수께끼조차 못 풀었다고 할지 모르는 사무적인 면이 이 탐정에게는 있다.

　그렇다면 차라리 돈으로 낚을까?

　유괴범이 인질에게 돈을 준다는 건 여간 전대미문이 아니지만 그것으로 해결된다면⋯ 하지만 옛날 차와 선박을 입수하는 데에 내가 가진 돈을 거의 탈탈 털었다. 빈털터리이다.

　오키테가미 빌딩의 경비원이 뜻밖에도 준비했다는 2억 엔이 머릿속을 스친다. 마치 노린 것처럼 절묘한 상황. 아니지, 그것에 눈독을 들일 수는 없다. 몸값이 오갈 때가 유괴범에게 있어 가장 위험한 순간이라는 것은 범죄자가 아니더라도 상식이다.

　게다가 2억 엔의 몸값이라면 혹시 경찰이 움직일지도 모른다. 협박 전화가 장난 전화로 치부되리라고 예측할 수 있는 이유는 요구액이 만화에나 나올 법한, 상식을 벗어난 10억 엔이기 때문이다.

　애당초 아무리 돈을 밝히는 명탐정이라고 해도 망각 탐정이 자신에게 부과된 비밀 유지 의무를 돈을 받고 팔 거라고는 생각하기 힘들다. 내가 그렇게 골머리를 앓고 있자니 쿄코 씨 쪽에

서,

"정말 유감이에요. 만약에 제가 정상 컨디션이었다면 풀 수 있었을지도 모르는데."

라고 구조선을 띄워 주었다.

아니, 이것은 구조선이 아니라 고물선일지도 모른다.

"이런 개성적인 옷을 입혀 놓았으니 컨디션이 부진한 게 당연하죠…."

5

그 후 동이 텄을 무렵, 나는 오키테가미 탐정 사무소에 세 번째 협박 전화를 걸었다. 이렇게 되면 이제 쿄코 씨에게서 떨어질 수 없으므로 이번에는 공중전화에서가 아니라 배 위에서 걸었다.

"여보세요."

제 6 화

남색 거래

1

협박 전화를 걸 적에 현 밖 공중전화를 이용하는 지능적인 범인처럼 행세하는 것은 이제 관뒀지만, 그래도 쿄코 씨 곁을 떠날 수 없다고 해서 얼결에 배 위에서 수중의 휴대전화로 오키테가미 빌딩에 전화할 만큼 나도 바보는 아니다.

정확히 말하면 휴대전화는 이용했다. 더 정확히 말하면 스마트폰이다. 단, 전화회선은 이용하지 않았다.

아무리 오키테가미 탐정 사무소가 비밀 유지 절대 엄수라는 간판을 내걸고 있지만, 이 상황에서도 여전히 넘버 디스플레이나 역탐지 시스템을 갖추지 않았다고 낙관하는 것은 불가능에 가깝다.

십중팔구 문제는 없을 거라고 확신하면서도 최악의 사태는 상정해야 한다는 것을 나는 망각 탐정과의 실랑이 속에서 배웠다. 그러므로 전화회선을 이용하지 않고 데이터 통신으로 전화했다. IP 전화라고 하나? 해외 서버를 여러 개 경유하여 발신지를 알 수 없게 한다는 그것이다.

범인답게 자백하자면 그것이 어떤 원리로 발신지를 숨겨 주는지 나는 제대로 이해하지 못한다. 어째서 해외 서버를 경유하면 발신지를 알 수 없을까? 해외에서 일본에 전화를 걸면 발신자 표시가 '정보 없음'으로 뜨는 것과 같은 이치라고 짐작은 하고 있으나 진상은 미스터리이다. 나는 매뉴얼에 따랐을 뿐이다.

애초에 주의에 주의를 기울인 행위이다.

그나저나 주위에 육지가 보이지 않을 만큼 먼바다에 나와 있는데도 전파가 닿는다. 통신사의 기업 노력에 감사한다. 조금이라도 원활한 통신 환경을 갖추고자 전파를 찾아서 감금실로부터 밖으로 나와(빗장을 걸었다. 잊지 않고), 쾌적한 체감온도라고는 할 수 없는 갑판 위에서 통화를 해야 했으나 쿄코 씨에게 들려주고 싶지 않은 이야기도 있으므로 오히려 잘되었다고도 할 수 있다. 만에 하나 내가 체포되는 사태가 발생하더라도 범죄에 이용한 이동 통신사 이름은 내 명예를 걸고 숨겨 주자.

"여보세요." [여보세요.]

하고 동시에 입을 떼었다. 당연한 일이기는 하지만 오키테가미 빌딩의 경비원은 내 전화를 애타게 기다린 모양이다. 협박 전화를 애타게 기다린다는 것도 참 이상한 느낌이겠지만….

이름이 오야기리 마모루였던가?

'아틀리에장 사건' 때의 쿄코 씨 파트너다. 그것뿐이라면 특별히 경계할 가치는 없다.

클라이언트든 사건 관계자든, 혹은 경찰 관계자든, 쿄코 씨가 누군가와 짝을 지어 사건 해결에 임하는 것 자체는 곧잘 있는 일이다.

하지만 오야기리 마모루의 경우, 사건 후 오키테가미 탐정 사무소의 직원이 된 점이 그러고 보면 특기할 만하다.

명탐정의 조수. 셜록 홈스의 조수였던 존 H. 왓슨과는 다르겠지만, 그래도 독자적으로 리셋을 거듭하여 누구와도 관계를 맺지 않음으로써 개성을 확립하는 망각 탐정이 유일하게 고용했고, 그뿐만 아니라 사무소에 살게 한 이상 분명 그에게는 무언가 있으리라.

섬싱 엘스something else라는 것이다.

따라서 그 점도 감안하여 나는 10억 엔의 몸값을 요구함으로써 시간 벌기에 나섰는데, 역시 보통내기는 아니었던지 그는 전액은 아니지만 2억 엔을 염출해 왔다. 설마 그럴 리는 없겠지만 어쩌면 이 짧은 시간에 그는 8억 엔의 수익을 냈을지도 모른다. 그 경우에는 어떻게 대응할 것인가. 먼젓번 전화에서 복선을 깔아 두었듯이 몸값 인상을 시도해야 하나?

아니지, 상황은 이미 극적으로 변했다. 쿄코 씨와의 교섭 결과를 나는 경비원에게 전해야만 한다. 그런 식으로 머릿속에서 재구축한 계획을 정리하다 보니 음성 변환기를 통한 두 번째 발언이 늦어지고 말았다.

선취점을 허용하고 말았다.

[타카나카 타카코高中たか子 씨죠?]

특기할 만한 경비원은 그렇게 말했다.

내 이름을 불렀다. 8억 엔의 수익을 낸 정도가 아니다.

오야기리 마모루는 범인의 이름까지 알아냈다.

2

나는 딱히 범인의 이름까지 알아낸 것은 아니다. 끽해야 3분의 1이고, 보다 공평을 기하자면 확률은 더 나빠진다. 진상일 확률이라고 하나, 부분 점수는 받아 봤자 10점이다. 그도 그럴 것이 인터넷 검색으로 발견한 세 장의 번호판 가운데 유괴범의 것이 있다는 보장은 없으니까.

그렇지만 수화기 너머의 반응을 보고 어쩐지 나는 러키 보이인 모양이라며 가슴을 쓸어내렸다. 뭐, 굳이 말하자면 그저 러키만은 아니다. 나름대로 절차는 밟았다.

히다루이 경부는 밤중인데도 내 요청에 흔쾌히 응해 주었다. 솔직히 말해서 흔쾌히는 아니다. '이런 작업은 제 담당이 아닌데요.' '엄밀히 말하자면 이 행위는 위법인데요.'라며 시종일관 쭝얼쭝얼 불평을 늘어놓으면서 볼멘소리로 번호판의 소유주를 알아봐 주었다.

그렇지만 그런 매정한 말 한마디 한마디에서 그가 조금이나마 쿄코 씨의 몸을 염려하고 있음은 알 수 있었다. 그 점을 세세하게 꼬집어서 상대방의 심기를 건드릴 만큼 나도 분위기 파악이 안 되는 건 아니다.

그리하여 알아낸 세 명의 이름, 세 용의자의 이름은 다음과 같았다.

'쿠지 카오루久慈薫'.

'타카나카 타카코'.

'혼노 덴조本野伝三'.

…거기까지 알았다면 역시 데이터베이스에 등록되어 있을 주소와 연령, 생년월일, 거기에 범죄 이력까지 히다루이 경부는 알았을 게 틀림없지만, 이름 이상의 개인 정보는 알려 주지 않았다.

당연하리라.

불량 경찰에게도 넘지 못할 선이 있다. 현시점에서도 누명 제조기는 꽤 재량을 뛰어넘는 일을 해 주었다.

경과는 착실히 보고하기로 약속하고 (무리하지 않겠다는 약속도 해야 했다. 나는 내가 꽤 견실하다고 생각하는데 그런 무모한 타입으로 보이는 걸까? 확실히 오키테가미 탐정 사무소에서 일하고 있는 시점에서 꽤 희한한 인생이기는 하다) 나는 '주무십시오'라고 하면서 보이지 않는 상대에게 고개를 숙이고 전화를 끊었다.

다음은 추리 시간이었다. 탐정 놀이다.

염원했던 용의자의 이름은 입수했으나 그것만 가지고는 아직 차량 번호를 입수한 시점과 별 차이가 없다고도 할 수 있었다,

내 입장에서는.

더 특이한 이름이라면 (예를 들어 카쿠시다테 야쿠스케 씨 같은) 다시 인터넷 검색을 통해 개인 정보를 수집한다는 악취미적인 수사도 가능하지만, 세 개 다 검색하면 동성동명의 인물이 각각 만 명씩은 뜰 것 같은 지극히 평범한 이름이다.

용의자를 세 명에서 3만 명으로 늘리면 어쩌자는 건가?

그래도 무의미한 숫자열인 차량 번호와 달리 사람의 이름에는 의미가 있다. 부모라든지 조부모라든지 선조의 의도가 있다. 물론 이름 점으로 범인을 단정 지을 만큼 나는 아직 궁지에 몰려 있지 않다. 획수를 이유로 범인을 특정할 생각은 없다, 아직. 그렇지만 비록 점을 치는 소양이 없더라도 확실한 것은 하나 있었다.

용의자 세 명 가운데 '타카나카 타카코'는 여성이다. 어지간히 진보적인 가정에서 태어나지 않는 한 보통 남자 아기에게 'ㅇㅇ코'라는 이름을 붙일 리 없다. '오야기리 마모루'라면 남자인지 여자인지 단언하기 힘들지만 '오키테가미 쿄코'라면 여성이라고 거의 단정할 수 있듯이… '타카나카 타카코'는 여성이라고 생각해도 좋다.

같은 이유로 '혼노 덴조'는 남성이리라. '쿠지 카오루'는 나처럼 이름만으로는 성별을 알 수 없다.

남자 한 명, 여자 한 명, 성별 미상 한 명.

차량 번호보다는 개성이 풍부하다.

처음에는 왠지 모르게 범인은 '쿠지 카오루'나 '혼노 덴조'일 거라고 억측했었다. 유괴라는 흉악 범죄는 아무리 봐도 어떤 폭력성이 따르게 마련이므로 완력이 필요하지 않을까 싶었던 것이다.

하지만 그런 감각은 '왠지 모르게'에 지나지 않는다.

여성 유괴범도 있다.

여기서는 남녀평등에 입각하여 추리해야 한다… 라고 생각을 고쳐먹었을 때 번뜩 떠올랐다.

아니, 오히려 범인이 여성인 편이 쿄코 씨를 유괴하기가 쉽지 않을까?

확실히 산책 도중에 좋아하는 소설에 등장하는 클래식 카를 발견하면 쿄코 씨는 두말할 것도 없이 이성을 잃고 달려들지 모른다. 그렇지만 모르는 남자의 차 조수석에 냅다 올라탈 만큼 정신을 못 차릴까?

정신을 못 차릴지도 모른다. 그 사람은 그런 구석이 있다. 하지만 그렇지 않은 구석도 있을 것이다.

운전자가 여성이었다면? 경계심은 반감…까지는 아니더라도 조금은 감소할 만도 하다.

그래. 그럴 수 있다.

그보다, 그런 거라면 좋겠다.

만약 범인이 여성이라면 세 명의 용의자를 각기 다른 각도에서 판단한다는 지긋지긋한 수고를 들이지 않아도 된다. 한 방에 단정할 수 있다. 아니, 그건 과장으로, '쿠지 카오루'의 존재가 있는 이상 한 방에 단정할 수는 없다. 이름만으로는 남녀 구별이 안 간다.

'카오루'의 남녀 비율을 일단 검색해 보았으나 역시 그런 통계는 딱 나오지 않았다. 그러므로 지금은 심플하게 1:1이라고 생각하자.

쿄코 씨의 조신한 몸가짐을 굳게 믿고 우선은 범인을 여성으로 단정한다. 이 시점에서 '혼노 덴조'를 용의자에서 제외할 수 있다고 치고… 남은 용의자는 '쿠지 카오루'와 '타카나카 타카코'. '쿠지 카오루'는 남성일 가능성이 2분의 1, 여성일 가능성이 2분의 1. 타카나카 타카코는 여성일 가능성이 백 퍼센트(라고 가정한다).

말하자면, 으음… 수학이다. 지금까지 가능성이니 확률이니 실컷 떠들었으니 이과 출신이 아니더라도 이 정도 확률은 계산할 수 있어야 한다.

범인이 여성이라면 '쿠지 카오루'가 범인일 가능성은 4분의 1, '타카나카 타카코'가 범인일 가능성은 2분의 1(4분의 2)이다.

직감에 따르면 4분의 1과 2분의 1은 별로 차이가 나는 것 같지 않다. 내 못 미더운 뽑기 운으로는 어느 쪽을 고르든 틀릴 것 같다. 아예 첫 단계인 2분의 1(남녀)의 시점에서 틀렸을지도 모른다.

무엇보다 이 어림짐작에는 희망적 관측도 크게 반영되어 있다. 유괴범이 여성이라면 유괴범이 남성일 경우보다 쿄코 씨의 몸에 닥친 위험이 덜하지 않을까, 하고 어리석게도 기대하는 측면이 있다.

이런 기대는 일반적으로 탐정의 눈을 흐리게 한다. 내가 탐정이 아니라는 증거이다. 하지만 내가 탐정이든 아니든 그래도 4분의 1과 2분의 1은 두 배 차이다. 승부를 건다면 당연히 '타카나카 타카코'에 걸어야 했다.

걸 수밖에 없었다.

정답일 확률이 높기에 걸 수밖에 없다는 것도 있지만, 그렇지 않은 이상 내가 쿄코 씨를 구출할 찬스는 거의 사라지고 말기 때문이다.

"타카나카 타카코 씨죠?"

걸려 온 협박 전화에 그렇게 입을 떼었을 때 나는 식은땀에 흠뻑 젖어 있었다. 영상통화가 아니라서 정말 다행이다. 아니, 영상통화였다면 첫 전화에서 범인의 성별뿐만 아니라 얼굴까지 파악했을 테지만. 그러나 영상통화가 아니어도 유괴범이 수화기 너머에서 말을 잃은 것은 알 수 있었다.

[무슨….]

그대로 반응을 살피고 있자니 성별 미상의 합성 음성인 채로 유괴범… '타카나카 타카코'가 무슨 말인가 하려다가 말았다.

말을 하려고 했다기보다 질문을 하려고 했으리라, '어떻게 알았지?'라고.

하지만 유괴범도 내가 그런 질문에 답할 리 없음을 아주 잘 안다. 그렇다면 질문자의 입장에 서는 것은 협박할 상대에게 파고들 틈을 내주는 일이 된다. 다른 말로 약점이 된다.

묻는 것은 잠깐의 수치이지만 묻지 않는 것은 평생의 수치라고 흔히들 말하는데, 그것은 교실이나 회사에서의 이야기이다. 유괴범과 탐정 사무소의 협상 중에도 유효한 격언은 아니다. 뭐, 만약 내가 요 근래 보기 드물게 정직한 사람이라고 해도 그런 질문에 '거의 때려 맞혔어요'라고 대답할 리는 없겠지만….

하여간에 저쪽에서 다음 말을 잇지 못한다면 이쪽에서 다음 화살을 날리자.

"몸값은 준비되었습니다. 현금으로 20억 엔입니다. 이거라면 불만은 없겠죠?"

3

20억 엔. 분명 거짓말임에 틀림없다.

무리하게 요구한 액수보다 두 배를 더 준비했다고? 그게 가능한가. 돈벌이를 우습게 보지 마.

그렇지만 유괴범인 내 이름을 규명했다는 '실적' 뒤에 그렇게 딱 잘라 말하니 아주 무시할 수만도 없다.

몸값 증액이라는 협상이 완벽히 차단된 모양새이다. 우습게 볼 생각도 업신여길 생각도 없었지만, 그래도 오야기리 마모루에 대해 명탐정도 조수도 아닌 어디까지나 보디가드이며 추리나 수사에는 문외한이라고 여겨 버린 감은 부정할 수 없다.

끝인가?

이름이 알려진 이상 게임 오버인가? 어디까지 알려진 거지? 주소나 전화번호는? 쿄코 씨를 가둔 이 배의 장소도? 아니, 그건 아니다. 역시 아닐 것이다.

만약 거기까지 판명 났다면 이미 내 손은 뒤로 돌려져 있으리라….

[오해 마십시오, '타카나카 타카코' 씨. 저는 당신과 거래를 하고 싶을 뿐입니다. 경찰에는 아직 알리지 않았습니다.]

내가 혼란에서 헤어나지 못하는 사이 오야기리 마모루가 그런 제안을 해 왔다. 경찰에는 알리지 않았다고?

이건 진짜일까?

이것도 거짓말임에 틀림없다. 라고는 단언할 수 없다.

하지만 가령 정말이라면 그 제안을 여기서 하는 이유가 뭐지? 노파심에서, 당황한 범인을 한시름 푹 놓게 하려고?

자학적으로 그렇게 추측했으나 의외로 그것은 정곡을 찔렀는 지도 모른다고 생각했다. 왜냐하면 이렇게 여긴 것이 내 실수이 긴 하지만, 오야기리 마모루는 탐정이 아니다. 조수도 아니다. 보디가드이며 쿄코 씨의 몸을 염려하는 것이 그의 일이다.

여기서 유괴범을 너무 몰아붙여 자포자기하게 만드는 사태만 큼은 절대 피하고 싶을 것이다. 이왕 죽을 바에는 함께 죽자며 내가 쿄코 씨를 해칠 가능성을 그로서는 고려하지 않을 수 없 다.

오야기리 마모루는 내 신병을 사법에 맡겨 정의의 심판을 받 게 하는 것이 목적이 아니기 때문이다. 궁극적으로는 쿄코 씨가 무사히 돌아오면 어차피 나 따위는 아무래도 상관없다.

그러므로 거래의 여지는 있다. 일반적인 유괴범으로서의 거래 의 여지가.

비록 실제로는 이미 경찰에 신고했을지라도… 지금이라면 아 직 대처할 수 있다.

지난 일에 대한 반성은 나중 일이다.

확실히 나는 리셋이 되지 않는 사람에게 이름이 알려졌다.

여기서 끝나도 이상하지 않다.

그렇지만 현재 내가 거래하는 상대는 오야기리 마모루뿐만이 아니다. 그 직전에 '인질'인 망각 탐정과도 거래를 했다.

아니, 협상인가.

그녀가 그의 상사이자 고용주인 이상 명령체계가 기능한다면 아직 내게 승산은 있다.

"그거 잘됐네요. 왜냐하면 저는 '타카나카 타카코'가 아니니까요."

뒤늦게나마 부정했다. 헛된 발버둥일지도 모르지만 긍정하는 것보다는 나으리라. 아주 조금이라도 동요해 준다면 다행이다. 포기하기에는 아직 이르다.

다만, 유괴범 같은 거만한 말투는 이제 관둬도 좋을 것이다. 그 말투를 쓰고 있으면 웃음이 날 것 같다.

원래 나는 누구에게나 예의바른 인간이다.

"20억 엔, 준비되었다고요?"

[쿄코 씨가 무사하다는 것을 확인시켜 주십시오.]

확답을 받으려는 내 무의미한 시도는 무시하고 오야기리 마모루는 강하게 나왔다. 다행히 그 바람은 들어줄 수 있을 것 같다.

나는 갑판에서 선실 안으로 돌아왔다.

전파가 도중에 끊기지 않으면 좋으련만.

4

[처음 뵙겠습니다. 탐정 오키테가미 쿄코입니다.]

수화기 저편에서 들려온 그 목소리에 나는 무심코 안도의 한

숨을 쉬었다. 이것은 소극적인 표현으로, 있는 그대로 고백하자
면 다리가 풀려 그 자리에 주저앉았다.

쿄코 씨. 무사했구나.

아니, 모습을 확인한 건 아니므로 아직 무사하다고 단정하기
에는 시기상조이긴 하나, 그 (물론 합성 음성은 아닌) 목소리를
듣건대 어쨌거나 큰 부상을 입었다든지 포로로서 심한 학대를
받았다든지 하는 일은 없는 듯했다.

오히려 여느 때처럼 화가 날 정도로 뻔뻔스러운 쿄코 씨이다.

그 사실은 다음과 같은 말로도 증명되었다.

[당신은 누구시죠?]

맥이 빠질 수밖에 없는 말이다. 없는 지혜를 쥐어짜 당장에라
도 끊길 듯 가는 실의 실마리를 조심조심 더듬어 겨우 이 통화
에 다다랐는데 정작 쿄코 씨는 나를 말끔하게 잊고 있으니. 몇
번을 봐도 매일 아침마다 '처음 뵙겠습니다'인 초면.

뭐, 그건 됐다. 알고 있었던 거니까. 매일 통감하고 있는 것이
기도 하다.

그보다 실제로 이렇듯 전화가 연결된 것이 아직 믿기지 않아
서 수화기를 든 내 손은 떨리고 있었다. 이렇게 간단히 쿄코 씨
의 목소리를 들을 수 있다니.

아니, '간단히'가 아니다.

요 하룻밤 사이에 평생 치의 고민을 했다.

168

제대로 정당하게 노력해서 얻은 성과이다. 아니, 정당하다고 하기에는 꽤 조잡한 추리도 섞여 있고 도박을 건 부분도 크지만, 그래도 나는 할 수 있는 모든 일을 했다.

내가 저쪽의 정체(타카나카 타카코)를 밝혀서 (아닐지도 모르지만) 체념한 걸까? 20억 엔을 준비했다고 선언한 것이라든지 (거짓말이다) 경찰에 알리지 않았다고 말한 것이 (이것도 엄밀하게는 거짓말이다) 전략적으로 유효했는지 모른다. 그런데 아무래도 저쪽에서는 저쪽대로 움직임이 있었던 모양이다.

스스로의 노력을 노력으로 인정하지 않으면 성장은 없지만 그렇다고 모든 게 그 덕분이라고 생각하는 것은 오만이다. 쿄코 씨 나름대로 탈출 플랜을 짜거나 범인과 교섭하는 시행착오를 거쳤기 때문에 연결된 전화임에 틀림없다.

"저는 오야기리 마모루입니다. 27세. 오키테가미 탐정 사무소의 경비원으로, 당신 부하입니다."

[과연. 당신이 제 충실한 부하군요.]

충실하다고는 하지 않았다.

이런 대화도 아침에 사무소에서 나눈다면 목가적이겠지만.

[으음, 그럼 쓸데없는 소리를 하면 죽인다고 했으니 용건만 말할게요. 괜찮나요?]

"아, 네."

[혹시 몰라서 말해 두는데 메모를 하거나 이 통화를 녹음하지

는 말아 주세요. 오키테가미 탐정 사무소의 직원이라면 당신도 아시겠지만.]

그 말에 비로소 이 통화는 녹음해야 했음을 깨달았다. 유괴범의 목소리와, 정체를 꼬집었을 때의 그 반응, 그리고 행방불명된 쿄코 씨의 목소리. 이만한 증거가 있으면 역시 경찰도, 아직 수사반은 꾸릴 수 없더라도 움직여 줄 터였다.

자력으로 도출한 결론 같은 것에, 아무리 신중을 기한다고 했지만 그만 기분이 들떠 우왕좌왕해 버린 것이리라. 아무리 후회해도 못 다 후회할 실수이다.

[? 왜 그러시죠? 녹음을 중단하셨나요?]

"아, 아니요. 애초에 녹음은 하지 않았습니다."

범인이 바로 옆에서 듣고 있을 게 뻔할 것을 생각하면 여기서 솔직히 대답하는 것은 내 어리석음의 상징에 지나지 않지만,

[그거 훌륭하네요. 당신은 최고의 남성이에요.]

라고 상사에게 칭찬을 들었다. 최고의 남성이란 극찬이라고 해도 좋은 레벨이다. 덧붙이자면 내 상사는 좀처럼 부하를 칭찬하지 않는다.

[그런데, 오야기리 씨. 오야기리 마모루 씨… 마모루 씨라고 불러도 될까요?]

"네, 네에. 날에 따라 다르지만 쿄코 씨에게는 그렇게 불릴 때가 많습니다."

[그럼, 마모루 씨. 당신이 준비해 주셨으면 하는 게 있어요.]

"모… 몸값입니까?"

[아니요, 옷이에요.]

"옷?"

그 뜻밖의 말, 이라기보다 엉뚱한 말에 나는 어안이 벙벙해졌다. 옷?

10억 엔의 몸값은 터무니없는 요구였으나 그래도 최소한 금전이기는 했다. 그런데 옷이라니?

[자세한 것은 생략하겠는데 저는 현재 생각을 해야만 하는 입장에 서 있어요. 서 있다고 할까, 앉아 있지만… 아차, 실례, 더는 말하지 않을게요.]

"?"

마지막 마디가 잘 이해되지 않았으나 어쩐지 내가 아니라 가까이 있을 유괴범에게 한 말인 것 같다.

서 있는 게 아니라 앉아 있다라.

그 정도 정보쯤은 흘려도 큰 문제가 없을 듯한데… 혹시 특징적인 의자에 앉혀 있는 것일까? 그 의자의 형태로 감금 장소를 추측할 수 있을 만한?

…그럴 리 없다.

억측은 좋지 않다.

[어쨌거나 저는 이제부터 추리를 해야만 하니 그것을 위한 옷

을 준비해 주시겠어요? 당신이 제 밑에 있는 직원이라면 제 옷
장에 대한 접근권은 당연히 갖고 계시겠죠?]

옷장에 대한 접근권? 그런 거창한 것이 주어져 있었던가… 침
실에 들어가지 말라는 말은 있었지만. 애초에 쿄코 씨가 그 탐
정력을 발휘하는 데는 옷이 필수 아이템이라는 설정 자체가 금
시초문이다.

그래서 쿄코 씨는 '같은 옷을 두 번 입지 않는' 것일까?

바로 옆에서 범인이 듣고 있는 이상 (아마 스피커폰으로 해 두
었을 터… 쿄코 씨를 금방 바꿔 준 이상 당연히 이 전화는 공중
전화로 거는 것이 아니다. 동전 소리도 나지 않으니까) 경솔하
게 맞장구칠 수는 없다.

이러니저러니 해도 저쪽 상황은 전혀 알 수 있는 게 아니다.
'옷'을 원하는 사람이 쿄코 씨가 아니라 범인일지도 모른다. 어
쩌면 노리는 것은 쿄코 씨가 모아 둔 지금이 아니라 방대한 용
량을 자랑하는 옷장이라든지… 바보 같다.

불현듯 떠오른, 저는 당신의 쇼핑몰 사이트가 아닌데요, 라는
내 생각치고는 재치 있는 대꾸도 삼가자.

"어떤 '옷'을 준비하면 될까요? 제 센스에 따라 골라도 된다
면…."

[그건 부디 관둬 주세요.]

어째서 내 센스가 별로라고 단정 짓는가. '처음 뵙겠습니다'인

데.

[터쿼이즈 블루의 터틀넥 셔츠를 여름 니트 재질로, 오키드 컬러의 치노 팬츠에 아우터는 긴 기장의 캐주얼한 파카를 약색*으로. 양말은 필요 없어요. 신발은 어떤 색이든 좋으니 로퍼로 부탁해요.]

그런 걸 부탁하면 어쩌자는 건지… 아니, 뭐, 쿄코 씨는 잊었으나 그녀가 내게 옷을 가져오라고 명령한 적은 이번이 꼭 처음은 아니므로 부탁 내용 그 자체에는 그리 당황하지 않았다지만.

경호 대상의 복장을 꿰고 있는 것은 내 임무 중 하나라고 억지로 자신을 납득시켰었는데, 그 심부름꾼 같은 역할이 설마 이런 형태로 도움이 될 줄이야.

엄밀하게는 도움이 되지 않는다.

쿄코 씨가 부탁한 '의상'의 내역을 이번에 나는 거의 이해할 수 없었기 때문이다. 컴퓨터 관련 전문용어가 나열된 느낌이다.

적어도 지금까지 내게 심부름을 시킬 때에는 여성복을 잘 모르는 사람도 알아듣기 쉬운 평이한 표현을 써 주었는데, 왜 하필 이런 상황에서 이런… 색깔 정도밖에 알아듣지 못했다.

더 솔직히 말하면 색깔도 알아듣지 못했다. 터쿼이즈 블루?

※약색(鵤色) : 검은머리방울새의 몸 색깔을 뜻하는 일본 전통색으로 황록색에 가깝다.

문어 같은 블루*인가? 문어의 피는 파랗다는 말을 들은 적이 있다. 가재였나?

예전에 미술관에서 근무했었지만 나는 미술을 전공한 게 아니다. 내가 아는 것은 남색까지이다.

그런 당혹감이 무언중에 전해진 듯,

[모르시겠으면 색견본을 보세요. 어딘가에 있을 테니까요.]

라고 쿄코 씨가 어드바이스를 해 주었다. 색깔보다 형태를 가르쳐 주었으면 하는 바람이지만 안타깝게도 쿄코 씨와의 대화는 거기서 끝났다.

무감정한 합성 음성이 [알겠습니까?] 하고 돌아왔다.

[세 시간 후, 당신이 지금 있는 오키테가미 빌딩에 제가 직접 받으러 가겠습니다. 그때까지 쿄코 씨가 말한 '옷'을 준비해 주십시오. 참고로, 돈은 필요 없습니다.]

5

상황은 비약적으로 진전된, 듯하면서도 일이 아주 곤란해졌다. 어처구니없어졌다.

'옷' 한 벌을 갖추라는 것은 언뜻 보기에 10억 엔을 준비하라

※문어 같은 블루 : 터쿼이즈 블루는 일본어로 타코이즈 블루(ターコイズブルー)인데 앞 두 글자 타코(タコ)가 문어를 뜻하는 단어와 발음이 같다.

는 과제에 비하면 난이도가 현격히 내려간 것 같지만, 내게는 뭐라 형언할 수 없는 억지였다.

쿄코 씨는 기록하지 말라고 했지만 그녀가 지시한 낯선 단어가 점점 머릿속에서 사라져 간다. 망각 탐정의 리셋과는 다른 서서히 사라져 가는 이 느낌.

낯선 단어란 이토록 덧없고 못 미더운가. 완전히 잊어버리기 전에 얼른 대처해야 한다.

이번 타임 리밋은 세 시간.

세 시간 이내로 명탐정의 의상을 준비한다. 으음, 승부를 위한 옷이라고 할까, 전투복 같은 것이려나.

옷장에 대한 접근권 어쩌고 했는데… 하지만 쿄코 씨의 기억이 한 번 이상 리셋되었다면 지금 현재 본인이 어떤 옷을 소유하고 있는지 모를 것이다.

아니면 쿄코 씨의 옷장에는 동서고금의 모든 옷이 망라되어 있다는 걸까?

그렇다면 도리어 그런 심연에는 발을 들여놓고 싶지 않다. 너무 많은 선택지는 인간을 사고 정지에 빠뜨린다. 그럼 얌전하게 어패럴 숍으로 향하여 여성복 매장에서 점원에게 가르침을 구하는 편이 말썽이 없을 듯하다. 그렇게 할까?

아아, 안 되겠다. 아이디어는 좋지만 시간이 좋지 않다. 그런 숍은 빨라도 오전 10시 오픈, 보통은 오전 11시 오픈이다. 현재 시각은 7시.

　개점을 기다리는 것만으로도 타임 리밋에 걸려 버린다.

　히다루이 경부에게 도움을… 요청하면 뭐 하나. 차량 번호로 자동차의 소유주를 도출할 수 있다고 해서 여성복도 잘 안다는 보장은 없다. 오히려 그 불량 경찰이 나보다 여성복에 조예가 깊다는 것은 도저히 상상할 수 없다.

　그럼 누군가, 여성복을 잘 아는 사람에게 도움을… 상식적으로 생각해서 여성복을 잘 아는 사람은 여성이다.

　남성복을 입는 사람으로서 참 자랑스럽게도 내 이성 관계는 매우 소박하다. 이런 때 도움을 구할 수 있는 여성이 내 어머니 정도밖에 떠오르지 않는다. 게다가 이런 일로는 그녀에 대한 내 존경심이 조금도 흔들리지 않지만, 어머니는 내가 자부할 수 있을 만큼 패셔너블하지 않다. 단순히 세대 차이도 있으리라.

　결국 자력으로 어떻게든 할 수밖에 없는 것이다. 또다시.

　쿄코 씨가 돌아오면 기필코 승진을 요구할 것을 신에게 맹세하고 나는 우선 탐정의 어드바이스에 따라 색견본이라는 것을 찾기 시작했다.

오키테가미 쿄코의 색견본

제 7 화

───────────

보라색 해결 편

1

지금쯤 경비원 오야기리 마모루는 쿄코 씨가 말한 '옷'을 찾느라 워크인 클로젯 안을 우왕좌왕하고 있을까? 동정을 금할 수 없으나, 안타깝게도 그런 그의 노고가 보상받을 일은 없다. … 왜냐하면 오전 10시 현재 나는 오키테가미 빌딩으로 향하는 중이 아니기 때문이다.

지각이 아니다. 갈 생각도 없다.

그는 흉포한 상사에게 실컷 휘둘린 끝에 바람을 맞게 된다. 미안하지만 앞으로 일절 접촉할 생각이 없다. 위험하다.

솔직히 말해 쿄코 씨가 의상을 원했을 때는 '뭐, 그런가 보다' 하고 나도 납득할 뻔했다. 명탐정에게는 저마다 독자적인 스타일이 있다.

운동선수들이 말하는… 뭐였더라, 루틴? 이라는 것이다. 공부가 부족해서 그렇게 자세히는 모르지만 킨다이치 코스케는 추리할 때 물구나무를 선다고 했던가? 소설 기준인 건지 아니면 영화만의 설정인 건지… 셜록 홈스의 사냥 모자는 삽화 작가의 아이디어라고 하던데…. 아무튼 간에 스스로 옷을 고르는 일은 망각 탐정에게 있어 액막이 같은 중요한 절차이려니 하고 납득할 뻔했다.

하지만 그럴 리 없다고 바로 생각을 고쳤다. 그야 누구든, 운동선수든 명탐정이든 기분 문제로 컨디션이 좋을 수도 나쁠 수도 있긴 하겠지만 대체로 영향은 없을 것이다.

기분 문제는 기분 문제에 불과하다.

골에 도달하기까지의 타임에 차이는 생길지 몰라도 할 수 있는 일을 할 수 없게 되지는 않으리라…. 나는 쿄코 씨에게 가장 빠른 탐정으로서의 역량을 기대하는 게 아니다. 그렇다면 대체 그녀는 무엇을 꾀하는 거지?

어째서 직접 옷을 고르게 해 달라면서 내 코디네이션을 싹 부정하지?

내가 오야기리 마모루에게 10억 엔을 요구한 것과 같은 일종의 시간 벌기일까…. 새 옷으로 갈아입는 타임을 마련해 둔 동안 구조대가 오기를 기다리려는 걸까. 하지만 '그러니까 오야기리 씨라는 사람에게 제 옷을 가져와 달라고 부탁해 주세요'라는 말을 듣고 딱 감을 잡았다.

과연, 그런 건가.

몸값 10억 엔이라는 터무니없는 가격을 현실적인 '옷'으로 치환하여 유괴범인 나와 경비원인 오야기리 마모루 사이에 접점을 만들려고 한다. 즉, 영리 목적의 유괴가 실패할 베스트 타이밍.

금품이 오가게 할 셈인 것이다.

내가 원하는 것이 몸값이 아닌 이상 그런 순간은 영원히 찾아오지 않았을 텐데 내가 원하는 것(난해한 사건의 기밀 정보)을 손에 넣기 위해서는 그 베스트 타이밍이 불가피해질 뻔했다.

명탐정의 트릭을 간파해 주었다! 라는 기분이 들기보다 도리어 기가 막혔다. 생글생글 웃는 얼굴로 어쩜 그리도 역겨운 생각을 한단 말인가.

내가 싫어하는 수법만을 잇따라 골라서 쓴다. 나 같은 것보다 이 사람이 훨씬 범죄자에 걸맞지 않을까?

그렇다면 섣불리 대응하지 않는 편이 좋겠다고 나는 판단했다. 감쪽같이 덫에 걸린 척하면서 오야기리 마모루에게 협박 전화를 걸어 명탐정과 보디가드를 통화시켜 주었다, 스피커 모드로.

별로 폭력적인 행동은 취하고 싶지 않지만 이곳이 배 위라는 사실과 내 모습은 절대 말하지 말라고 흉기를 들고 위협했다. 전혀 겁먹은 기색은 없었으나 그 부분은 이해한 듯 쿄코 씨는 기본적으로 자신이 원하는 '옷' 이야기밖에 하지 않았다.

뭐, 쿄코 씨가 알릴 필요도 없이 오야기리 마모루는 유괴범의 정체를 파악하고 있었지만….

나를 자극하지 않는 범위에서 좀 더 도움을 구하는 듯한 발언을 하지 않을까 예상했는데 어쩐지 그런 느낌이 아니었다. 의자에 묶여 휴대전화와 동시에 흉기에 노출되어 있는 것치고 쿄코 씨는 쾌활하게 이야기했으나 옆에서 보건대 그리 부하를 신용하는 낌새가 아니었다.

하지만 그건 당연한가.

어젯밤의 리셋은 자는 척이었다고 해도 그 이전, 내가 유괴했을 때의 리셋은 틀림없이 진짜였다. 맨 먼저 '처음 뵙겠습니다'라고 했다.

즉, 쿄코 씨는 '오야기리 마모루'가 신용할 만한 사람인지 어떤지를 종잡지 못하고 있었다. '오야기리 마모루'가 실재하는지 어떤지도 낱낱이 의심하고 있었다. 따라서 통화 중에 속마음을 털어놓기는커녕 상대방의 속마음을 떠보았다. 뭐, 확실히 내게 공모자가 있었다면 그 수를 쓸 수 있었을지도 모른다.

참으로 친구는 소중하다.

반대로 말해서 그런 유의 관계성을 역이용할 수는 없었던 셈이다. 쿄코 씨가 어째서 오야기리 마모루를 고용했는지 그 부분만 확실하다면 나도 그자를 이용할 수 있겠다 싶었지만… 뭐, 덧없는 바람이었다.

하지만 쿄코 씨가 오야기리 마모루에게 전한 '심부름' 내용을 들은 것만으로도 충분했다.

'터쿼이즈 블루의 터틀넥 셔츠를 여름 니트 재질로, 오키드 컬러의 치노 팬츠에 아우터는 긴 기장의 캐주얼한 파카를 약색으로. 양말은 필요 없어요. 신발은 어떤 색이든 좋으니 로퍼로 부탁해요.'

메모도 허락받지 못한 오야기리 마모루가 지금쯤 고생고생하고 있을 것임은 상상하기 어렵지 않다. 통화 중 반응으로 보아 오야기리 마모루가 여성복에 정통하지 못한 것은 거의 확실했다.

나도 67점짜리 패션 센스를 지녔지만 역시 남성보다는 여성복에 빠삭하다고 자신할 수 있다. 남성의 직업이 스타일리스트가 아닌 한. 요컨대 굳이 오야기리 마모루에게 준비시킬 것도 없다, 10시가 되어 어패럴 숍이 오픈하면 쿄코 씨의 의상은 내가 이 손으로 갖출 수 있다.

옷 사이즈는 사전에 알아 두었다. 태그만 자르면 새 상품인 것은 문제되지 않으리라.

같은 옷을 두 번 입지 않는 쿄코 씨라면 수중의 의상은 전부 새 상품이나 마찬가지일 것이다. '내 옷장의 옷과 다르다'라고 간파할 걱정은 없다. 쿄코 씨는 옷장 속 옷을 기억하지 못하니까… 설령 표시를 해 놓았다고 해도 그 표시마저 잊었다.

숍에서 구입한 희망 의상 한 벌을 '오야기리 마모루에게서 받아 온 옷이다'라며 건네면 제아무리 뻔뻔스러운 쿄코 씨일지라도 찍소리 못 할 것이다. 그 말은 추리를 지연시킬 구실이 사라지는 것과 동시에 구조될 희망이 끊기는 것과 같은 뜻이니까. 경비원도, 그가 기댔을지 모르는 경찰도 금품이 오가는 순간 나를 잡을 수 없었다는 것을 알게 되면 (오해하면) 그녀도 이제 슬슬 포기할 것이다.

망라 추리가 모든 가능성을 빠르게 따져 보는 추리라면 그 모든 가능성을 전부 봉쇄하면 된다. 내가 원하는 길을 제외하고 전부. 쿄코 씨를 묶으려면 안락의자가 아니라 외길에 묶어야 했던 것이다.

2

순조롭게 쇼핑을 마치고 고무보트를 계류해 둔, 거의 쓰이지 않고 있는 쇠락한 항구(부두 같은 것의 잔해라고 하는 편이 맞을지도 모른다)로 돌아온 내가 바다 저편에서 발견한 것은 먼바다로 향하는 대량의 해상보안청 순시선이었다.

조금 허세를 부렸다. '순조롭게'는 아니었다. 필시 오야기리 마모루와 같은 정도로 고전했으리라는 것은 유감스럽지만 인정하지 않을 수 없다. 구매 내역으로 꼬리가 밟힐 우려가 있었기에 모든 의상을 같은 점포에서 갖출 수 없었다는 사정도 있다. 수많은 어패럴 숍이 입점해 있는 쇼핑몰에서 에스컬레이터를 마구 오르내리다 보면 절로 시간도 경과하는 법이다. 프로 판매원의 도움을 받은 것도 이참에 고백하지 않으면 공정하지 않으리라.

그런데 시간이 걸린 진짜 이유는, 내가 가장 빠른 심부름꾼이 되지 못한 진짜 이유는, 쇼핑을 계속함에 따라 '이걸로 괜찮

을까?' 하는 의문이 머릿속을 스치며 잔상처럼 맴돌았기 때문이
다.

전해 들은 레시피대로 아이템을 갖춰 나갔으나 그 의상들을
조합해도 그리 센스 있는 코디가 될 거라고는 도저히 생각할 수
없었다. 67점짜리 센스로 무슨 소리인가 싶겠지만 67점짜리 센
스로도 그런 생각이 드니 어쩔 수 없다. 감성까지는 제어할 수
없다.

일류 브랜드 간에 디자인이 상충되나 했지만 그런 것도 아니
고 단지 옷들의 색상이 당최 매치되지 않는 느낌이었다.

메모도 허락받지 못한 가엾은 경비원과 달리 나는 쿄코 씨와
오야기리 마모루의 통화를 착실하게 녹음했다. 그러므로 잘못
들었을 리는 없을… 텐데도 몇 번을 다시 확인했을 정도이다.

틀림없었다.

그럼 쿄코 씨가 잘못 말했을 가능성은?

…하지만 그처럼 의심하면서도, 반신반의 속에서 끈 샌들을
신기자 쿄코 씨의 발밑에서 신발이 믿기지 않는 빛을 발하는 것
을 목격한 참이다.

애송이의 판단을 끼워 넣으면 안 되리라.

괜히 고민을 했다가는 갖고 돌아간 의상이 오야기리 마모루에
게서 받은 것이 아니라 내가 구입해 온 것임을 들킬 것이다.. 쿄
코 씨에게는 이미 나의 노 센스가 알려져 있다.

그런 이유로 혼란을 느끼면서도 하이클래스 브랜드의 가격을 믿고 항구로 돌아왔다. 따라서 '순조롭게'라는 것은 거짓말이다.

그리고 '먼바다로 향하는 대량의 해상보안청 순시선'이라는 것도 거짓말이다. 대량이라는 것은 엄살이었다. 실제로는 다섯 척 정도이다.

하지만 이에 관해서는 딱히 허세를 부린 게 아니라 정말 그만큼 절망적인 광경으로 보인 것이다. 실제로는 이렇게 그 포위망 바깥에 있는데도 불구하고 완전히 포위되어 버리기라도 한 듯.

쓸데없는 저항은 그만둬, 라고 귓가에 속삭임이 들린 듯한 광경이었다.

"바다 위에 감금한다는 것은 그럭저럭 좋은 아이디어라고 평가해 드리겠지만, 바꿔 말하면 스스로도 갇혀 있는 거나 마찬가지이니까요. 도망칠 곳은 있으나 마나 한 셈이에요."

라고.

심연을 들여다보는 자를 심연 또한 들여다보듯이 제방 근처의 그늘에 숨어서 감금 장소, 내 배를 어떻게든 볼 순 없을까 싶어 주의 깊게 살피는데, 그런 내 모습을 똑같이 테트라포드 그늘에서 보고 있던 누군가가 말을 걸었다.

아니, 심연이라느니 하는 멋진 것이 아니다.

우두커니 서서 그저 멍하게 있는, 안색이 보랏빛이 되어 있을 범인에게 명탐정이 뒤에서 말을 걸었을 뿐이다. 백발의 망각 탐정.

67점짜리 의상을 입고 만 하루 만에 육지에 오른 망각 탐정이었다.

"뭐, 그렇지만 우연히도 당신이 부재중일 때 구출되어 다행이에요. 아수라장은 별로거든요."

쿄코 씨는 웃는 얼굴로 그렇게 말했지만… 그건 우연이었을까? 내가 쇼핑에 애를 먹는 동안 쿄코 씨가 구출되었다는 것은….

순시선?

내가 없는 동안 쿄코 씨가 불렀나…? 결박을 자력으로 풀고 연락을 취했나? 아니, 휴대전화는 분명 내가 휴대하고 있고 통신기기류는 원래부터 선상에 갖춰 두지 않았다. 갑판에 나왔다고 해도 우연히 지나던 배에 큰 소리로 구조를 요청하는 정도밖에… 그렇다면 결국 나는 우연히 진 걸까?

그렇게는 생각되지 않는다. 생각하고 싶지 않기도 하지만… 그럴 바에는 차라리 그 통화 중에 쿄코 씨가 오야기리 마모루에게 어떤 암호로 위치를 알렸고 오야기리 마모루가 경찰에 신고했다고 생각하는 편이 타당하다.

그런데 이 타당함은 새로운 의문을 낳는다.

두 사람이 암호로 대화하는 것을 경계하지 않을 만큼 나도 태평하지는 않다. 나는 암호 해독의 전문가는 아니지만 쿄코 씨와 오야기리 마모루 사이에 그런 관계성이 없다는 것은 이미 확인했다. 그녀와 그는 매일 아침 '초면'이다.

따라서 서로 간에만 통하는 암호 같은 건 없다. 있다고 해도 그것은 잘 때마다 리셋된다. '옷을 가져다주세요'라는 요구가 '배에 감금되어 있다'를 의미한다든지 하는 그런 복잡한 암호를 즉흥적으로 만들 수 있을 리 없다. 만들 수 있었다면 옆에서 듣는 나도 알았으리라.

무엇보다 바다는 넓다. 배에 감금되어 있다고 해도 그것만으로는 후보에서, 지구상에서 육지 면적에 해당하는 3할밖에 제외할 수 없다.

감금된 쿄코 씨 본인부터가 자신이 어디에 있는지 알 리가 없을 터….

"배의 흔들림을 숨기기 위한 안락의자 역시 그럭저럭 좋은 아이디어였지만, 어차피 주위가 바다에 둘러싸여 있어 탈출할 수 없으니 엔진음 같은 건 개의치 말고 배는 그냥 움직이게 두는 편이 좋았을 거예요. '움직이는 감금 장소'라는 메리트를 살리지 못한 건 유괴범으로서 큰 마이너스예요."

지적을 받고 보니 과연 그렇다고 할 수밖에 없는 실수이다. 그러나 바다 위를 택한 시점에서 나는 그 사실을 쿄코 씨에게 숨기는 방향으로 사고를 움직여 버렸다.

그렇지만 그것이 치명적인 실수라고까지는 생각하지 않는다.

불확실한 감금 장소를 괜히 계속 움직이는 것도 리스크이지 않은가? 안전한 해역에 쭉 정박해 두는 것도 결코 나쁜 아이디어가….

"아뇨, 배이기 때문에 현재 위치를 알 수 있어요. 왜냐하면 원래 해군이나 해적의 기술이거든요, 별이 뜬 하늘에서 좌표를 특정한다는 것은."

…나를 걷어차고 갑판에 뛰쳐나갔을 때인가.

뱃머리에서 하늘을 올려다본 것은 탈출 경로가 없어서 절망한 게 아니라 단순히 별들의 위치를 확인한 것뿐이었나. 손바닥을 펴서 팔을 뻗은 것은 호신술 자세를 취한 게 아니라 자신의 몸을 측량기 대신 이용한 것이었나. 배에 있음을 깨달은 다음 순간 그런 계산에 들어가다니 이 얼마나 빠른 전환인가. 가장 빠른 탐정.

아무래도 유구한 역사를 지닌 천체의 움직임은 하루 이틀 사이에 리셋되지 않으리라. 이로써 쿄코 씨가 현재 위치를 파악할 수 있던 이유는 알았다. 그날 밤 비가 내리지 않았기 때문이다. 듣고 보니 지극히 당연하다고 할까, 별로 의외도 아닐 뿐더러 흔해 빠진 방법이기까지 하다. 그저 엄청나게 스피디했을 따름이다.

하지만 그것을 어떻게 오야기리 마모루에게 알렸는지는 여전히 수수께끼인 채이다. 수수께끼는 이대로 수수께끼인 채?

"…그런데 쿄코 씨는 어떻게 이곳에? 구출되었다면 경찰에 보호되어 사정 청취를 받고 있을 즈음일 텐데?"

가급적 평정을 가장하며 나는 쿄코 씨 쪽을 보았다. 언제까지고 아쉬운 듯 바다를 보고 있어 봤자 소용없다.

거대한 증거품으로 압수될 테니 요트를 되팔아서 경비를 최소화한다는 플랜은 포기할 수밖에 없다 치고… 쿄코 씨는 어째서 경찰의 호위도 없이 이처럼 혼자 모습을 드러낸 걸까? 아니, 그렇게 따지면 애초에 모습을 드러낼 이유가 없다.

"그야 그렇지만, 외람되지만 비망록에 의하면 저는 명탐정인 모양이라서요. 수수께끼 풀이는 해 드릴까 싶었거든요."

"수수께끼… 풀이?"

"네. 보통 수수께끼 풀이는 클라이언트에게 해 주는 것으로 범인에게 해 주는 것이 아니지만 당신은 특별 취급하고 싶어서요. 그도 그럴 것이 당신은 제가 한 번은 적으로 인정했던 사람이니까요."

지금은 이제 자신의 적이 아니다.

그렇게 치부된 기분이었다. 그것은 이상한 것으로 어깨의 짐을 내린 기분과 똑같았다.

참, 어깨의 짐 하니 말인데.

"쿄코 씨, 저기, 이거… 말씀하신 옷들인데요."

나는 쇼핑백을 내밀었다. 각기 다른 가게의 것인데 꼼꼼하게 포장되어 있어 제법 부피가 크다.

뭐, 쿄코 씨가 이처럼 배에서 내려 있다면 수수께끼 풀이인가 하는 것의 내용이 어떻든 간에 추리에 의상이 필요하다는 말은 완전히 거짓이었음이 증명된 셈으로, 그렇다면 이 쇼핑백들은 처음부터 그녀에게는 필요 없는 물건이었겠지만, 그래도 이참에 범죄 계획과 마찬가지로 이것들도 손에서 놓아 편해지고 싶다.

"참 친절하시네요, 감사합니다. 몸 둘 바를 모르겠어요."

폭탄일지도 모르는데 쿄코 씨는 선뜻 받아 들었다. 그리고 봉투 안을 확인한다.

가만히 음미하고,

"그럼 이 아이템들은 실내복으로 쓸게요."

라는 쿄코 씨.

나야말로 몸 둘 바를 모르겠다, 새롭게 생긴 상처 때문에.

3

상사가 요청한 '옷'의 실루엣은커녕 색깔조차 짐작도 할 수 없었던 나는 일단 지시대로 색상 견본집을 찾는 데서부터 시작했는데 그것은 의외의 장소에서 발견되었다.

컴퓨터 속이다. 인터넷 검색을 할 때 노트북에 큰 신세를 졌는데, 그것은 광대한 지식망 속이 아니라 하드디스크에 저장되어 있었다. 일명 '폴더명·색견본'.

말한 그대로라 지극히 알기 쉽다.

열어 보니 저마다 상세하게 파일명이 붙여져 있었는데, 찾는 색깔의 명칭을 클릭하면 참으로 색견본다운 길쭉한 이미지가 열려서 그것이 어떤 색인지 눈으로 확인할 수 있다. 폴더 안에 파일이 천 개 이상 저장되어 있어 그 방대한 수량에 기가 질렸지만(이론상 색깔이란 무한대로 있다고 했던가…) 쿄코 씨가 말한 색깔을 찾는다.

터쿼이즈 블루, 오키드 컬러, 약색.

어쩐지 각각의 컬러가 생각보다 화려한 느낌이다. 이 시점에서 살짝 고개를 갸웃했는데 실제로 그 색견본에 따라 쿄코 씨의 워크인 클로젯… 아니, 옷방으로 들어가서 색의 수만큼 있지 않을까 싶은 '옷들' 속에서 해당되는 모양의 옷을 꺼낸 직후 (흡사 출고하는 느낌이다. 서고와 비슷한 룰로 분류되어 있음을 파악하고 나니 해당 옷을 찾는 일은 그리 어렵지 않았다) 내 불안은 뚜렷한 형태를 갖추었다.

으응? 이거, 촌스럽지 않나?

하나하나 놓고 보면 그렇지도 않다. 아니, 엘레강트 스타일인 것도 같지만 (여성복을 칭찬할 만한 센스가 내게는 없다. 자격도) 조합해 놓으면 저마다가 저마다의 장점을 죽이는 듯한 느낌이다.

　승부를 위한 옷을 입지 않으면 힘이 나지 않는다는 마법 소녀 같은 말을 했으나 쿄코 씨가 이토록 언밸런스하게 코디네이트한 모습을 나는 본 적이 없다.

　확실히 쿄코 씨는 같은 옷을 입은 모습을 누구에게도 보인 적이 없을 만큼 패셔너블하기는 하나, 그래도 경향은 있다. 기본적으로는 '자연스러움'과도 같은 것을 걸친다고 할까.

　옷방에서 잘못 골라 왔나, 아니면 그 이전에 내가 상사의 지령을 잘못 들었나?

　후자 쪽이 가능성은 높아 보인다. 기억은 차츰 흐려져 간다, 게다가 철야한 탓에 긴장 상태도 계속되고 있어, 솔직히 말하자면 지금의 나는 상당히 졸리다.

　역시 중간에 눈을 붙여야 했나?

　타임 리밋인 오전 10시는 시시각각 다가온다. 범인과의 접점을 가질 수 있다면 그것은 확실히 어떤 찬스가 될 텐데, 이대로라면 그 기회를 살릴 수 있을 것 같지가 않다.

　어쨌든 다시 하자. 내 직감이 이것은 아니라고 말하고 있다. 경비원으로서의 직감이 아니라 더부살이의 직감이다. 매일 아침 쿄코 씨를 배웅하는 자로서 이런 코디네이션은 간과할 수 없다.

　까놓고 말해서 쿄코 씨가 이 차림으로 나가려고 했다면 몸을 던져 말렸을 레벨이다. 되게 이래라저래라 한다고 해도 반드시 말렸을 것이다.

테이블 위에 펼쳐 놓고 떨어진 위치에서 평가하는 한 실루엣이 나쁜 것 같지는 않으니 색깔이 틀렸나?

거의 여성복의 품명 이상으로 낯선 색깔뿐이었으니… 다시 한 번 '폴더명·색견본'을 확인해 볼까.

메모를 허락받지 못했지만 파일명 일람을 계속 들여다보면… 망라하면 한계를 맞이하려 하는 내 해마 언저리가 자극을 받을지도 모른다.

기대했던 일은 일어나지 않았다. 다만 계속 들여다보는 사이 파일명보다도 데이터, 표시되는 이미지가 어째 컴퓨터로 만들어진 게 아니라 삼차원 세계에서 촬영된 실제 소재의 사진 같다는 점이 파악되었다.

뭐, 같은 색깔일지라도 그 바탕이 되는 소재에 따라 다르게 보이므로 당연한 일인지도 모르지만, 이처럼 손맛이 물씬 나는 색견본… 소재 견본을 만들려면 분명 힘들었겠지 생각하니 소름이 돋았다.

이만한 정성에 힘입어 쿄코 씨의 패션 능력은 견지되는 것인가, 하고 전혀 관계없는 부분에서 감탄했다. 큰일이다, 사고의 방향성을 유지할 수 없다. 감탄하지를 않나 감동하지를 않나, 수동적이고 편한 패턴을 선택하고 만다. 비판적 정신을 가져야 하는 건 아니지만, 차라리 상사에 의해 이런 혼돈으로 내던져진 일을 비난하는 정도의 마음가짐이 아니면 더 이상 의식을 유지

할 수 없을 것 같다.

솔직히 컴퓨터 앞에서 몇 번인가 '덜컥!' 하고 잠에 빠질 뻔했다. 밤에 잠들기 전에 디스플레이 빛을 보면 숙면할 수 없다는 설이 더 일반적인데, 나는 반대로 이런 화면을 보고 있으니 졸음이 온다. 전자적 빛 때문이라기보다 의식이 산만해지기 때문이리라. 그럼에도 불구하고 어젯밤부터 내내 디스플레이를 마주하고 있으니.

차라리 프린트할까? 프린터가 얼른 눈에 띄지 않는 점은 참으로 오키테가미 탐정 사무소답지만, 전화기나 팩시밀리와 마찬가지로 프린터도 업무상 필요한 기기이므로 어딘가에는 있을 것이다. 그보다 이런 색견본은 처음부터 제본해 두면 좋았을 텐데. 일일이 컴퓨터를 켜는 것보다 그 편이 훨씬….

훨씬 일람성이 높은데 색상 견본집이 컴퓨터 안에 저장되어 있는 것은 왜일까? 그리고 옷을 고르기 위한 색견본이니 소재 사진을 촬영하여 만드는 것은 타당하다고 납득할 뻔했으나, 그게 정말 타당할까?

어디까지나 이차원에 불과한 사진으로는 소재의 감촉이나 착용감 같은 건 알 수 없다. 실제와도 다를 것이다. 솔직히 그렇게 해상도가 좋은 사진도 아니다. 색상 견본집은 어쨌거나 기준에 불과하니까… 실제와 같을 필요가 없다. 오히려 옷의 원단으로 만들면 본연의 역할에서 벗어나 버릴지도 모른다.

내 졸린 머리로도 알 수 있는 그런 것을 쿄코 씨가 모를 리 없는데… 색견본을 프린트하지 않은 이유, 이미지를 사진 촬영으로 만든 이유.

참으로 색견본다운 **길쭉한** 사진… 젠장.

한 시간만 더 일찍 깨달았다면.

그러면 한 시간 더 일찍 잘 수 있었는데.

굳이 워크인 클로젯 안에서 워크할 필요는 없었다. 하지만 그래도 깨달았으니 나로서는 제법이다.

컴퓨터 안에 저장되어 있던 폴더.

색견본이자 소재 견본…은 휴대전화로 촬영한 이미지이다. 길쭉한 사각형, 장방형인 것은 색견본다운 게 아니라 디스플레이의 형태이기 때문이다. 지금은 스퀘어 촬영이라는 것도 있는 모양이지만. 형태는, 그렇지만 깨달음의 입구에 지나지 않는다.

중요한 점은 이 소재 사진들이 휴대전화로 촬영된 것이라면 이미지 그 자체 외에도 데이터 안에 포함된 정보가 있으리라는 것이다. 집 안에 있으면서 옛날 차의 목격 정보를 필요 이상으로 수집할 수 있는 오늘날의 프라이버시 사정을 감안하면 그것은 기본적으로 꺼 두는 편이 장려되는 기능이긴 하지만… 위치 정보.

이 사진들에는 위치 정보가 포함되어 있을 가능성이 있다. 아니, 반드시, 틀림없이 포함되어 있을 것이다.

쿄코 씨가 만든 거라면.

그래서 색견본은 컴퓨터에 저장되어 있는 것이다. 으음, 사진을 지도상에 표시하는 방법은?

인터넷 검색이다.

나는 결단코 인터넷에서 얻은 지식이란 현실 세계에서는 도움이 되지 않는다느니 시건방진 헛소리를 지껄이지 않기로 맹세하면서 집단지성의 힘을 빌려, 말도 못 하게 졸음을 유발하는 디스플레이에 지도를 불러왔다.

당연히 일본 지도면 될 줄 알았다. 아니, 일본 각 지역을 망라한 도도부현都道府県의 지도면 될 줄 알았다.

그런데 내가 활성화해야 하는 것은 무려 세계 지도였다. 쿄코 씨의 수제 색상 견본집에 저장된 천 장 이상의 소재 사진이 전 세계에 분산된 형태로 표시되었다.

마치 모자이크처럼, 사진을 그리모아 세계 지도 모양을 만든 듯한 형상이었다. 이거 '만들려면 분명 힘들었겠지' 정도의 문제가 아니데? 분쟁 지역도 포함하여 전 세계를 여행하지 않으면 만들 수 없는 색견본이다. 어떤 의미에서는 궁극의 기념 사진집이라고도 할 수 있다.

넋 놓고 바라보고 있을 때가 아니다.

이쯤 되면 쿄코 씨가 그 전화로 내게 전하고자 했던 말은 알 수 있다. 옷을 선별할 때 색견본을 보라고 넌지시, 그렇지만 확실히 강조한 이유는 요청한 옷의 색깔로 자신의 현재 위치를 알리고 싶었기 때문이다.

범인의 위협을 받으면서도 표표하게, 도리어 당당하게 망각 탐정은 신호를 보냈다. 물론 의문은 하나 생긴다.

의문이라기보다 부자연스러운 모순점.

하지만 그것은 나중에 생각해도 좋다. 아니, 생각할 마음도 없다. 쿄코 씨가 무사히 돌아오면 본인에게 직접 물어보자. 나로서는, 특히 철야한 나로서는 모든 모순점을 고려한다는 것이 불가능하다. 기껏해야 하나 정도밖에 더 생각할 수 없다. 소재 사진이 저마다 위치 정보를 나타낸다면 어째서 쿄코 씨는 세 개나 되는 소재를 지정했을까?

유괴범이 쿄코 씨에게 감금 위치를 숨겼으리라고 상상하는 일은 어렵지 않다. 그래서 아무리 망각 탐정이라고 해도 역시 현재 위치를 끝내 특정할 수 없었기 때문에 세 가지 가능성을 전했나? 세 장의 번호판처럼?

하지만 지정된 각 컬러의 소재 사진으로부터 위치 정보를 확인하고 그런 것이 아님을 알아차렸다. 아무래도 너무 흩어져 있었다.

한 장은 북아메리카 대륙의 한 도시, 한 장은 유라시아 대륙의 한 도시, 한 장은 오세아니아 대륙의 한 도시에 표시되어 있었기 때문이다. 아무리 특정할 수 없었을지라도 후보가 이토록 점재해 있을 리 없다. 기후 조건이 너무 다르다. 나조차도 눈을 감고 에어컨이 켜진 실내에 있을지라도 세 도시를 구별할 수 있다. …에어컨이 켜져 있으면 무리이려나?

한데 그렇지 않다고 해도 역시 쿄코 씨가 해외에 감금되어 있다고는 생각할 수 없다. 그런 글로벌한 범죄 조직에 유괴되었다면 나 따위는 손도 댈수 없다. 지혜도 낼 수 없다.

쿄코 씨의 현재 위치가 판명 나면 거리낌 없이 히다루이 경부에게 연락할 수 있을 줄 알았는데… 결국 또 3분의 1의 확률에 걸어야 하나? 정답이 섞여 있을 것 같지도 않은 단순한 숫자인 3분의 1에?

옛날 차의 목격담을 추렸을 때처럼 조금이라도 정보량을 줄이고자 나는 세계 지도상에 표시된 천 장 이상의 사진 대부분을 오프로 돌리고 해당하는 세 장의 소재 사진만을 남겼다. 그로써 뭐가 어떻게 될 거라는 예감도 없이… 실제로 뭐가 어떻게 된 건 아니었다.

처음부터 일관되게 명백했다.

이것도 단순한 숫자였다. 단, 3분의 1이 아니라 세 점이었다.

삼각형의 정의定義이다. 동일한 직선상에 존재하지 않는 세 점을 연결하여 만드는 도형. 그러므로 따로따로 있을 필요가 있다.

세 점을 선으로 이어 세 변으로 만든다.

북아메리카의 점과 유라시아의 점과 오세아니아의 점을 잇자 생긴 것은 깔끔한 정삼각형이었다. 아니, 역시 엄밀히 따지면 정삼각형이 아니라 오차가 있을 것이다. 원래 지구는 둥글기 때문에 그 표면에 정확한 정삼각형을 그리는 것은 무리이다. 정삼각형이 되는지 어떤지는 지도 종류에 따라서도 달라지는데… 그렇다 해도 이른바 일반적인, 일본에서 흔히 볼 수 있는 세계 지도 위에 그냥 삼각형이 아닌 정삼각형(같은 도형)이 나타난 것은 틀림없이 우연이 아니다.

그리고 학창 시절의 희미한 기억에 따르면 정삼각형의 특징은… 그렇다, 무게중심과 외심과 내심이 일치한다는 것.

그런데 만약 그 일치점이 쿄코 씨의 현재 위치라면 어째서 단순히 그 점의 위치 정보를 알리지 않았을까. 한 가지 색으로 한 개의 지점을 나타내면 그런 언밸런스한 토털 코디네이션이 되는 일도 없었을 텐데.

그 코디의 조화를 일부러 깨뜨림으로써 다시 색견본을 확인하게끔 나를 컨트롤했나… 아니, 쿄코 씨는 탐정이지 신이 아니다. 구두쇠의 신일지는 모르지만… 그렇게까지 타인을 마음대로 조종할 수 있는 건 아니다.

그런 게 아니라… 색의 부조화를 유감스럽게 여기면서도 쿄코 씨는 세 점을 제시함으로써 한 점을 지목할 수밖에 없었던 것이다.

감금된 곳이 바다이니까.

전 세계를 여행하더라도 바다에서는 정확한 위치 정보를 얻을 수 없으니까, 세 가지 색으로 제시된 정삼각형 한가운데의 점은 아슬아슬하게 일본 영해 안, 태평양 위에 있었다.

그 말인즉… 알았다!

쿄코 씨는 잠수함에 감금되어 있는 것이다!

종 장

흰색 귀가

1

잠수함이 아니라 선박이었으나 내 신고를 받은 히다루이 경부의 신속한 대처로 쿄코 씨는 예상했던 대로의 지점에서 보호되었다. '자력으로 탈출'이라고는 할 수 없지만, 망각 탐정 자신이 탈출 경로를 열어 주었기에 이 건이 범죄자에게 명탐정이 납치된다는 얼빠진 에피소드가 되는 전개도 피할 수 있었다.

범인이 원하던 10억 엔 이상의 가치가 있는 기밀 정보가 누설되는 일 없이 사건은 해결된 셈으로, 비밀 유지 의무를 절대 엄수한다는 간판도 지켜 낼 수 있었다.

다만, 유괴범… 쿄코 씨가 보호될 당시 배를 떠나 있었던 유괴범 '타카나카 타카코'는 도주하여 그 후 행방불명이 되었다. 그에 대해서는 너무 대놓고 말할 순 없지만 쿄코 씨가 일부러 놓아준 게 아닐까 나는 의심하고 있다.

드문 일이 아니다. 직업 탐정인 쿄코 씨는 범인을 놓아주기도 한다. 특히 피해자가 자기 자신일 경우에는.

용서의 정신에 의거한 관대한 대응인 것은 아니다.

돈이 되지 않는 범인은 잡지 않는다, 공짜로는 사건을 해결하지 않는다, 라는 돈의 노예로서의 스타일이다. 언젠가 '유료 범인'으로 다시 자신의 앞에 나타날 것을 내다본 방생이라고 할까.

그런 이유로.

"저 왔어요, 마모루 씨! 보고 싶었어요!"

"아뇨, 아뇨. 저희는 그런 사이가 아닙니다."

이제 막 오키테가미 빌딩으로 귀가한 쿄코 씨가 마중 나온 내 어깻죽지를 끌어안았기에 간신히 떼어 놓았다.

"어머, 섭섭해라. 제 보디가드는 차갑군요. 철로 만들어졌나."

하며 토라진 듯 입을 삐죽 내밀었지만⋯ 뭐, 걱정해 준 부하에게 씩씩한 척 농담하는 거라고 해석하자. 그녀의 굳은 정조를 믿었고, 옛날 차의 운전자가 남성이 아닌 여성이라고 단정했던 나로서는 그렇게 간단히 안기면 곤란하다. 추리의 근간이 흔들린다.

그리고 무엇보다도 감동의 재회를 나누기에는 지금의 내가 너무 졸리다. 듣자니 쿄코 씨도 나 정도는 아닐지라도 꽤 장시간 각성 상태였던 듯한데 생기발랄한 느낌이다. 혹시 철야의 여운인가?

어쨌거나 나는 보디가드로서 쿄코 씨의 귀가도 확인했으니 조금 이르지만 잠자리에 들기로 하자.

이크, 그 전에.

제쳐 두었던 모순점을 해결해야 한다. 앞으로의 경비 계획을 근본부터 바로잡을 필요가 있으므로.

"쿄코 씨, 뭐 하나 물어봐도 되겠습니까?"

"뭐든지요. 보너스 검토 이외의 이야기라면."

잘도 그렇게 쐐기를 박는군. 설마 나를 끌어안고 얼렁뚱땅 넘어갈 셈이었나.

"그 색견본으로 제시하신 위치 좌표 말인데요⋯."

"네. 깨달아 주셔서 살았어요."

"오히려 깨닫는 게 늦었다고 반성 중입니다. 그런데 쿄코 씨는 어떻게 노트북 속에 저장된 색견본의 존재를 기억하고 계신 겁니까?"

쿄코 씨는 옛날 차 안에 끌려 들어가 약을 들이마셨다. 아니면 최면 가스에라도 당한 것인지 뭔지 수단은 리셋되어 알 수 없지만.

여하튼 그 부분을 알 수 없다면 그 이전의 기억⋯ 아침에 집을 나오기 전, 컴퓨터로든 스마트폰으로든 습득한 '최소한의 기억'도 리셋되었을 것이다. 색견본에 내재된 암호 또한 함께 잊어버리지 않았다는 것은 이상하다. 이 이야기는 협력자인 히다루이 경부에게도 하지 않았다.

만약 쿄코 씨의 기억 중에 '리셋되지 않는' 부분이 있다면 그야말로 망각 탐정의 아이덴티티에 문제가 생긴다. 색견본, 암호표의 존재에 대해서는 물론이고, 천 장 이상의 색 배합뿐만 아니라 배치까지 기억하는데 어디가 망각 탐정이냐는 말이 나올지도 모른다. 이번에는 어찌어찌 잘 넘겼다만, 같은 목적으로 망각 탐정에게서 기밀 사항을 끌어내려고 하는 무뢰한이 나타났을 때 '잊어버려서요'라는 변명이 통하지 않게 된다.

"네. 그 점을 들키면 곤란하니까 유괴범에게는 수수께끼 풀이인 척 적당히 거짓말을 했어요. 마모루 씨에게는 텔레파시 능력이 있다는 식으로요."

기가 막힌 거짓말을 했군.

아마 실은 더 교묘하게 둘러댔겠지만… 그런데 그런 대화가 오갔다면 쿄코 씨가 범인을 일부러 놓아주었을 거라는 내 예측에도 얼마간 설득력이 생길 듯하다.

쿄코 씨는 우후후 웃고 "하지만 마모루 씨에게는 진상을 말해야겠죠."라고 덧붙였다.

"저를 구출하기 위해서 이토록 애를 써 주셨는데 승진도 요구하지 않는 훌륭한 경비원이니까요."

승진은 꼭 요구할 것이다.

나는 노동자의 권리를 위해 싸우리라… 그런데 진상이라니?

"잘난 척할 만한 진상은 없어요. 제가 색견본 암호를 고안한 것은 틴에이저 시절이거든요."

"시, 십 대 시절에 그런 걸 생각했다고요?"

쿄코 씨의 망각 체질은 선천적인 것이 아니고, 기억이 리셋되는 것은 최근 7, 8년 치라는 설을 들은 적이 있다. 즉, **그 이전**에 짜 둔 암호표이기에 하루 이틀 치의 기억이 리셋되어도 전혀 영향이 없는 셈이다. 잘 때마다 기억이 소거되는 체질이기 때문에 망각 탐정으로서 보기 드문 기량을 발휘하는 거라고만 생각했는데, 아무래도 쿄코 씨는 그 이전부터 심상치 않은 재능을 발휘했던 모양이다.

"뭐, 저이니 만큼 이럴 때를 대비해서 아마 어느 시점에선가 그 아이디어를 실행하여 어딘가에 저장해 두었으려니 했죠. 저장되어 있지 않다면 또 다른 방법을 생각하면 그만이고요."

탈출 플랜도 망라주의.

실제로는 '본 적도 없는' 내게 쿄코 씨가 얼마만큼 기대를 걸었는지는 미지수이다. 나 자신은 혼신의 추리가 기적적으로 성공했다는 듯 우쭐해 있었는데, 쿄코 씨에게는 밑져야 본전인 수많은 탈출 방안 중 하나가 성공한 정도의 감각일지 모른다.

보통은 그 밑져야 본전이 안 되지만.

"납득되셨나요?"

"아… 네. 납득되었습니다. 안 되었지만 되었습니다."

"그거 다행이네요. 후우. 그런데 제가 없는 동안 뭔가 별다른 일은 없었나요?"

"…아니요, 딱히 아무 일도 없었습니다."

"그것도 다행이에요. 그럼 저도 샤워를 하고 자야겠어요. 마모루 씨의 활약을 언제까지나 잊고 싶지 않지만 졸음에는 이길 수가 없네요."

"네… 저도 쉬겠습니다."

2억 엔짜리 침대에서.

마음에 걸렸던 모순점이 해결되어 이제 안심하고 잘 수 있겠다 싶었는데, 잠을 청하던 중 나는 새로운 불안 요소와 맞닥뜨리고 말았다. 틴에이저 시절의 쿄코 씨가 고안한 암호표.

그러고 보니 휴대전화로 촬영한 사진에 포함되는 것은 위치 정보뿐만이 아니다. 휴대전화 사진이란 촬영한 날짜와 시각도 기록되는 이른바 정보의 보고이다. 망각 탐정의 과거는 수수께끼에 싸여 있지만, 그 천 장 이상의 이미지를 분석하여 그녀가 언제 어디에서 활동했는지, 몇 년 몇 월 며칠의 몇 시 몇 분에 어디 있었는지를 알아내면 그 빅 데이터로부터 수수께끼 꾸러미를 풀 수 있지 않을까?

요즘은 나만한 수준의 테크닉으로도 유괴범의 정체에 도달할 수 있는 정보화 사회이다. 위험 요소는 배제하는 편이 좋다.

이미지에 포함된 위치 정보를 바꾸는 방법은 모르지만 날짜를 변경하는 작업쯤은 나라도 할 수 있다. 일어나면 바로 착수하자. 그렇게 생각하면서 잠이 들었으나 나는 가장 빠른 경비원이 아니었다.

이튿날, 사무실 노트북을 켜 보니 '폴더명·색견본'은 복원할 방법도 없을 만큼 말끔히 소거되어 있었다. 쪼잔하게 날짜나 변경한 정도가 아니라 대담하게 존재 자체가 딜리트되어 있었다.

누군가의 손에 의해.

아니, 누구일지는 생각할 것도 없다. 수수께끼처럼 말할 것도 없이 수수께끼 같은 탐정일 게 틀림없다.

참고로 말하자면, 침대 밑의 서류 가방이나 샤워 호스 안의 방수 용지도 사라져 있었다. 샤워 호스 안은 샤워할 때 치웠다고 해도 침대 밑은 대체 어떻게 정리 정돈한 걸까?

하여간에 유괴되어 가까스로 귀가했는데도 휴양을 취하는 게 아니라 '다음 번 오늘'을 위한 뒤처리를 마치다니 역시 가장 빠른 탐정, 대처가 빠르다. '내일 일어나면 하자'라고 여유롭게 생각할 순 없다. 쿄코 씨에게는 오늘밖에 없다.

어느 것이든 한 번뿐인 비망록. 내가 알아 버린 이상 두 번 다시 쓸 수 없는 암호표가 된 색견본.

나 참, 신뢰해 주어 기쁠 따름이다.

물론 쿄코 씨는 준비된 암호를 지운 사실조차 잊어버리므로 다음 번에 유괴되었을 때 같은 방법을 쓰려고 하면 그 탈출 시도는 실패로 끝나게 된다. 그런 리스크를 알면서도 쿄코 씨는 자신의 과거로 이어지는 데이터를 소거하는 쪽을 택했다. 계속 망각 탐정으로 있는 쪽을 택했다. 계속 비밀을 지키는 쪽을 택했다. 자기 보신보다 비밀 유지.

됐다, 어차피 다음 번 같은 건 없다.

그런 쿄코 씨를 내가 지킬 뿐이다.

오키테가미 쿄코의 색견본 끝

◈작가 후기◈

　작중에서도 오야기리 마모루 씨가 언급했는데, 일반적으로 일곱 색으로 표현되는 무지개는 엄밀히 말하자면 일곱 색이 아니라 무한한 색을 가졌다고 합니다. 지역이나 문화권에 따라서는 다섯 색이거나 여섯 색이거나 여덟 색이거나 아홉 색이라고 하네요. 사물을 보는 시각은 사람마다 다르다는 방증이기도 한데요, 아닌 게 아니라 실제로 무지개를 보면 '일곱 색이라고 하니 일곱 색인가?' 정도의 인식밖에 할 수 없을 것 같기도 합니다. '일곱 색이라고 하니 일곱 색'이라고 할까 '일곱 색이라고 해서 일곱 색'이라고 할까. 뭐, 굳이 반론할 만큼 일곱 색이 아닌 것처럼 보이는 것도 아니라는 정도의 소극적인 찬성이라고 할까요. 각도를 달리하면 어떤 의미에서는 '일곱'이라는 숫자가 깔끔하게 떨어지면서도 러키세븐을 연상시키기 때문에 그런 정의가 뿌리내렸다는 식으로도 볼 수 있습니다. 인간이 순간적으로 인식할 수 있는 숫자는 평균 일곱 개까지라는 이야기도 있으므로 '무지개는 일곱 색' 설은 알기 쉬운 선에서 합의를 본 결과일까요? 여러 설이 아니라 일곱 설쯤 있을 듯한데, 이는 비단 무지개나 색깔에만 국한된 이야기도 아니라서 세상에는 대부분을 '알기 쉬운 정의'나 '이해가 미치는 분류'로 카테고리화하여 사소한 차이를 철저히 무시하는 경향이 있습니다. 혈액형은 A형, B형, AB형, O형의 네 종류로 분류할 수 있다. 라고 하는데 실제로는 더 세분화할 수 있다든지, 12성좌에는 사실 열세 번째인 뱀주인자리가…는 조금 다른 이야기지만… 뭐, 어쩐지 그런 느낌인데. 명탐정! 이라고 해도 지금까지 많은 미스터리에서 그려져 온 명탐정의 모습에는 각기 상당한 차이가 있어서 모두를 똑같이 이야기하는 것은 사실 힘들지 않나 생각하면서도, 그렇게까지 꼬치꼬치 따지면 쩨쩨해 보일지도 모르니 은근슬쩍 '다 같은 명탐정'인 것으로 해 버린다든지. 희로애락이라고 말하지만 인간의 감정이 고작 네 종류로 나뉠 리 없다는 것과 마찬가지 이야기라고 할까요? 하긴, 이에 관해서는 네 종류도 너무 나눴다, 감정은 유쾌와 불쾌 두 종류밖에 없다, 라는 시각도 있습니다. '무지개는 일곱 색이 아니라 무지개색이야'라는 것과 마찬가지이려나요.

자, 망각 탐정 시리즈의 최신작은 유괴물입니다. 유괴된 사람은 명탐정 쪽이므로 정확한 정의에 따르면 유괴물이 아닌 것도 같지만, 장편에서는 오랜만인 오야기리 마모루 씨가 화자였기 때문에 쓰면서 즐거웠습니다. 이 두 사람의 관계(주종 관계?)에 대해서는 단편에 더 자세히 쓰여 있는데, 그쪽은 언젠가 『오키테가미 쿄코의 승차권』이라는 타이틀의 단행본으로 묶이지 않을까 추리해 봅니다. 카쿠시다테 야쿠스케 씨나 경부님이 보는 쿄코 씨와는 또 조금 다른 쿄코 씨를 보여 드릴 수 있지 않았나 싶습니다. 그럼 지금까지 『오키테가미 쿄코의 색견본』이었습니다.

VOFAN 씨가 표지에 그려 주시는 쿄코 씨의 모습도 색깔만큼이나 다양하네요. 감사합니다. 다음 작품은 『오키테가미 쿄코의 오선지』가 될 예정이니 잘 부탁합니다.

니시오 이신

오키테가미 쿄코의 색견본

저자 니시오 이신

1981년 출생. 『잘린머리 사이클』로 제23회 메피스토상을 수상하며 2002년 데뷔했다.
『잘린머리 사이클』로 시작되는 〈헛소리 시리즈〉, 처음으로 애니메이션화된 작품인
『괴물 이야기』로 시작되는 〈이야기 시리즈〉 등, 작품 다수.

일러스트 VOFAN

1980년 출생. 대만 거주. 대표작으로는 시(詩) 화집 『Colorful Dreams』 시리즈가 있다.
2006년부터 〈이야기 시리즈〉의 표지, 캐릭터 디자인을 담당.

오키테가미 쿄코의 색견본

2021년 10월 10일 초판 발행

저자	니시오 이신
일러스트	VOFAN
옮긴이	정혜원
발행인	정동훈
편집인	여영아
편집 팀장	황정아
편집	노혜림
발행처	(주)학산문화사
등록	1995년 7월 1일
등록번호	제3-632호
주소	서울특별시 동작구 상도로 282 학산빌딩
편집부	02-828-8838
영업부	02-828-8986

ISBN 979-11-348-1897-5 03830

값 12,000원